講談社文庫

燃える氷(上)

高任和夫

講談社

燃える氷（上）　目次

燃える氷(下) 目次

燃える氷（上）

第一章　蠢動《しゅんどう》

一

上杉俊介《うえすぎしゅんすけ》は体の震えを感じて目覚めた。

一瞬、地震かと思ったが、そうではなかった。

何か悪い夢でもみていたような後味が残っている。一週間かけて慌《あわ》ただしく取材して廻った中国の陰鬱《いんうつ》な記憶のせいかもしれない。

昨夜帰国したばかりだった。

しばらく茫然としていて、やがて古い天井板に目の焦点が定まる。

何の変哲もない、茶の地に褐色の線が入った八枚の天井板だ。しかし、その波模様の木目を眺《なが》めていると、俊介はいつも不思議な安らぎに包まれる。

大工の棟梁《とうりょう》だった祖父がみずから建てた家で、戦災にも遭《あ》わなかったから、もう七十年は過ぎている。八年前に独り住まいしていた父親が亡くなったあと、俊介が移り住んだ。一階に四畳半と六畳が二間あり、二階の八畳は書斎兼寝室として使っている。

さすがにあちこち傷《いた》んでいるが、俊介は建て替える気がしない。壊すに忍びなかった、というより、この古い家が気に入っていた。手入れしいしい使っている。

布団《ふとん》にうつぶせになったまま煙草《たばこ》を吸った。

隣りに目を遣《や》ると、夜具は足元に畳《たた》まれている。あまりにキチンと片付けられているだけに、昨夜の激しい行為の記憶がじわりと脳裏《のうり》に浮かび上がってきた。そのときの荻田加奈子《おぎたかなこ》の表情や、白い体の動きが目にみえるようである。

それを払い落とすように首を振って立上がり、障子を開けて、名ばかりの廊下に出る。隣家との隙間《すきま》から青く澄んだ空がみえ、陽《ひ》の光が束《たば》になって降ってきた。昨夜の雨とは打って変わって、穏《おだ》やかな小春日和《こはるびより》である。

階段を降りると、加奈子は六畳の居間でコーヒーを飲みながら画集を眺めていた。

「おはよう。よく寝たわね」

加奈子は俊介をみずにいった。

柱時計の針は正午を回っている。

「そうだな。おかげで熟睡できたよ」

加奈子の顔に、ちょっとだけ朱が射《さ》した。

「お腹が空《す》いているなら、なんかつくるわよ」

ちょっと鼻にかかった甘い声だ。

それに答えずに、加奈子のふっくらした頬《ほお》に顔を寄せて画集をのぞくと、タマネギ形の教会と周囲の建物を描いた風景画だった。

教会の色はほとんど黒一色で、まわりの建物は薄汚れた白だ。背景の空は暗い灰色。褐色を一部使っているものの、モノトーンにちかい。さらに教会に通じる道は右に傾いており、独特な色調とあいまって、鑑賞する者に不安感を与える構図だ。

次のページも似たような絵だった。

中央に鐘楼がそびえ、四、五階建ての建物が連《つら》なっている。色彩も同じだ。頼りなげな人影が幾つか、ぼんやりと風景に溶け込んでいる。人間というより、まるで生命のない置物のようだ。

「いやに沈鬱《ちんうつ》な絵だな。いまの時代の雰囲気をよくとらえているね」

加奈子が形のよい鼻をかすかに鳴らした。

「そう思うでしょう？　ところが一九二〇年代のものなのよ」

九十年も前か、と俊介は胸の内でつぶやいた。にわかに興味が湧いてきた。

「どんな画家なの？」

「精神病院で、だれにも看取《みと》られずに死んだのよ。三十歳と四ヵ月のときにね。……わたし、彼より半年も長生きしてしまったわ」

「ゴッホ？」

「ちがうわ、日本人よ」

「西洋の画家かと思ったけどな」

「佐伯祐三《さえきゆうぞう》というのよ」

俊介は絵画にあまり関心がない。美術館巡りをするようになったのは、加奈子と付き合い出した、この一年ほどのことだ。

「でも、あなた、こんな絵は好きじゃないでしょう？」

加奈子は六歳年下なのに、ときおり姉のように包み込む眼で俊介をみる。すこしばかり出目だが、加奈子の顔のなかでは一番好きな部分だ。

俊介はもう一度、風景画に眼を遣った。

「そうでもないな。なんだか強く訴えてくるものがあるよ」

それは画家の絶望であるかのような気がした。が、口にするのは憚《はばか》られた。

「もっとも、おれはボッティチェッリのほうがいいな」

「たとえば『ヴィーナスの誕生』？」

「そう。そんな程度しか知らない」

貝殻に乗った裸体のヴィーナスが、長いブロンドをなびかせている絵だ。

「なんでまた、あの絵がいいの？」

「さあ、どうしてかな。……きみに似ているからかもしれない」

広い額《ひたい》、宙をさまよう視線、すっきりした鼻筋、そしてあどけない唇。童女のようでいて、すでに女性特有の物憂さも漂《ただよ》わせている。

加奈子もまた、そのような表情を浮かべて、放心しているときがある。

ヴィーナスに似ているといわれたのを、加奈子は誤解したようだった。

俊介は単純に容貌の類似をいったのだが、加奈子はさほど大きくない胸のふくらみや、豊かな腰を指摘されたとでも思ったようだった。昨夜のことを思い出したのかもしれない。顔にさっと照れが走った。

加奈子は四畳半の台所に立ち、食事の支度《したく》をはじめた。

めったに自慢しない女だが、一度だけ料理の手早さを誇ったことがある。

——男に食べさせていた経験があるのかな？

俊介が訊《き》くと、

——そう思う？

と、笑ったものだった。

たちまち座卓に、イカと大根の煮付け、鯵《あじ》の開き、野菜サラダが並んだ。みそ汁の具はアサリだった。俊介は煮汁をかけて飯を掻《か》きこむのが好きだ。

「ああ、生き返るようだ」

そういうと、

「あなたも安上がりな人よねえ」

と、苦笑した。

「中華料理には飽《あ》き飽きしていたから、こんなのがいいな。……でも、変だな。冷蔵庫は空っぽだったんじゃないの？」

「昨夜、あなたが帰ってくる前に買い込んで、用意しておいたのよ」

鯵をつつきながら答えた。

「今日、お店のほうは？」

「いいのよ。相棒にまかせているから夕方までフリーよ」

加奈子は友人と共同で、御茶《おちゃ》の水《みず》に小さな花屋を出している。食べていける程度には繁盛していて、俊介に養ってもらおうとは考えていないようだ。気が向いたときに、この根津《ねづ》の家に泊まりにくる。そんな関係が一年ほどつづいていた。

——いっそのこと、こっちに移ってこないか。

二度ほど誘ったことがある。まだ結婚する踏ん切りはつかないが、加奈子と暮らしたいという気分が芽生え出したころだ。こんな感情は二十代の初めに、経験しただけである。

しかし、加奈子は、結婚願望の薄い女のようだ。

——このままでいいんじゃない？　こんな暗い時代に家庭を持ったり、子供を育てる自信がないのよ。

それは俊介もおなじだった。自分たちは何とかやり過ごせても、次の世代を待ち受けている未来は、決して明るいものではないだろう。

もっとも、そんな加奈子の台詞《せりふ》を聞くと、俊介の胸は苦しくなる。

俊介の恋は、これまでついに実らなかった。いつの間にか恋は終わり、女たちは去っていった。そのつど、自分にはなにか欠落したものがあるのではないかという悩みが残った。——女を包みこみ、離れ難くするなにか。あるいは、女性に家庭を持たせたくさせるなにか。

加奈子とは、一体になっていると感じる瞬間がある。しかし、いつの日か、加奈子もまた離れていくのではないかと予感する。

それらの原因は、自分にあるのだとばかり思っていたのだが、あるいは恋が成就《じょうじゅ》しないような種類の女ばかり好んでいるのかもしれない。

朝と昼を兼ねた食事が終わったときだった。

いきなり、衝撃があった。家が軋《きし》み、なんとも不気味な音を立てた。戸棚の食器が鳴り出す。吊した蛍光灯が右に左に揺れる。

「怖《こわ》い！」

加奈子は立とうとしたが、激しい揺れに腰をとられて思わずひざまずく。幼児のように這《は》ってきて、俊介にしがみつく。

それを抱きかかえたまま、戸棚の前から身をずらした。胸に埋めてきた加奈子の頭を右手で覆《おお》い、左手で震える背をさする。

何分続いただろうか。

ようやく揺れが収まりだしたとき、リモコンでテレビをつけた。

テロップが地震の情報を流している。

震源地は駿河《するが》湾沖。震源の深さは六十キロ。マグニチュード五。静岡《しずおか》など東海地方の広い範囲で、震度は軒《のき》並み四。神奈川、東京は三。津波の心配はないという。

「これって、たった三なの？」

俊介に抱きついたまま、加奈子は怯《おび》えた目で画面を睨《にら》みながらいった。加奈子のからだから、まだ高鳴っている鼓動が伝わってくる。

「このところ、いやに続くわ。……ねえ、なんかの予兆じゃないかしら」

十一月に入って、もう何度目だろうかと俊介は考えた。

二

「ああ、いやだ。気分転換に散歩しましょうよ」

地震が止《や》んだあとで、加奈子が強引に俊介を誘った。

「海外出張のあとだから、日本らしい景色を眺めるのも悪くはないでしょう」

「どこへ行く？」

「手近なとこで、上野《うえの》公園から谷中《やなか》はどう？」

ちょっと億劫《おつくう》ではあったが、あの圧倒的な迫力の中国をみてきただけに、俊介も気晴らしをしたい。

「あら、わたし、ガスを消したかしら？」

家を出るとすぐ、加奈子は真剣な面持《おもも》ちで俊介をみた。

「ちゃんと消したよ」

「ほんとう。みていた？」

「みていたさ」
二、三歩進んでから、また家を振り返った。
「わたし、戸締まりしたかしら」

「したよ。だいじょうぶだ」

加奈子は、やや神経症的なところがある。これまで、火事を起こしたり泥棒に入られたりしたことはないのに、異常なまでにそれらを気にする。長い間、女の一人暮しをしたせいかと思うが、俊介はいまひとつ腑《ふ》に落ちない。

それから極端にきれい好きである。ラブホテルは不潔だといって絶対に入らない。もっとも、その性分《しょうぶん》のおかげで、加奈子が通うようになってから俊介の家はみちがえるように磨きこまれたのだが……。

そのくせ、加奈子は身の回りは無頓着《むとんちゃく》にちかい。いつもこざっぱりした格好をしているが、ブランド物の高価な服飾品にはあまり興味がない。

俊介の住まいの前の路地には、小さな家がびっしりと軒《のき》を連ねている。古い木造家屋が多いが、建て替えた洋風のものもある。ところどころに低層のアパートがみえた。庭と呼べるほどのものがある家は少ない。その代わりに、家々の前にはプランターや鉢が並べられ、菊やコスモスが植えられている。

「おれはコスモスが好きだな。紅色の濃いのがいい」

「わたしも好きよ。でも、薄紅色がいいな。はかない風情《ふぜい》がなんともいえないわ」

「たしか秋桜っていう字を当てるんだろ。でも、桜よりもいいな。日本人の心情にピッタリだ」

「あら、もともと日本のものじゃないのよ」

「へえ、知らなかった」

「意外や意外、メキシコ原産なの」

「でも、きみの商売にはならないんだろうな」

「とんでもない。小鉢に植えたコスモスが、けっこうさばけているのよ」

加奈子の目から、ようやく地震のときの怯えが消えていた。

しかし、俊介のほうは、そんな会話を交わしつつも、まだこだわっている。

根津の一帯は戦災を免《まぬが》れたが、もう一つ、関東大震災のときもほとんど無傷だった。

——このあたりは、よっぽど岩盤がしっかりしてるんだ。本所《ほんじょ》、深川《ふかがわ》では四分の一の家がつぶれたけど、こっちはだいじょうぶだった。

子供のころ、祖父が何度も自慢気に話すのを聞いた。

しかし、次の大地震のときはどうなのだろう？　古い家屋は、さすがにもたないのではないか。

さらに、大震災のとき類焼を免れたのは、風向きが逆で幸運だったからだと祖父はいった。もし、その反対であれば、木造家屋が多いこのあたり一帯は、類焼して火の海と化すのだろうか。そのとき、おれは加奈子とともに、いまめざしている上野公園に向かって逃げ惑《まど》うのだろうか。

なにせ大震災のときには、上野公園は四十万人の避難民で埋め尽くされたという。気の遠くなるような数字だ。地方の中核都市の全人口に匹敵するのである。

路地を抜け出た先は言問《こととい》通りで、地下鉄の根津の駅は目と鼻の先だ。

この一画はまだ、昔の面影を残している。

もう何十年も前に、スーパーや大型専門店に駆逐《くちく》されて、日本中から商店街の火が消えた。だが、ここではいまも魚、肉、野菜、豆腐、菓子などを売る小さな商店がしぶとく生き残っている。貝だけを商《あきな》ったり、手づくりの揚《あ》げ物を売る店もある。

加奈子が昨日、冷蔵庫に運び込んだ野菜や魚や貝は、すべてこの商店街で調達したのだろう。

飲食店も捨てたものではなく、居酒屋はもちろん、びっくりするほど旨《うま》いトンカツを食わせるところとか、あっさり味の串揚げ屋もある。静かで落ち着いたカウンターバーもある。

つまり、この界隈《かいわい》ですべてが賄《まかな》えるのだ。

さらに人情も濃《こま》やかで、なじみ客ともなると居心地《いごこち》のよいこと、この上もない。

月刊誌の編集者などという不規則な生活を送っている独身者が、飯を食い、酒を呑《の》み、生活するには、格好の場所なのである。

地震への抜きがたい恐れがあるにもかかわらず、俊介が郊外に移り住もうと思わないのは、そしてまた、大規模なマンション建設の計画が出るつど住民が反対するのは、この暮らしやすい土地への愛着からにほかならない。

地下鉄の根津駅がみえてくると、そこは不忍《しのばず》通りで、右に進めば根津神社のそばを過ぎ、やがて団子坂《だんござか》に達する。左に行けば上野の公園はすぐである。毎日行っても飽きないわ、と加奈子がいう美術館や博物館は、その公園の中だ。北千住《きたせんじゅ》に住む加奈子がしばしば俊介を訪ねてくるのは、御茶の水の店との中間地点にあるからだけではなく、絵画をみるのに便利だという理由もある。

不忍通りは、しかし、小商店の連なる言問通りとは、様相を異《こと》にする。さして広くもない敷地に、ペンシルビルと呼ばれる細長いマンションやオフィスビルが林立しているのだ。二十年以上前のバブル景気のころに、建てられたものである。

それらのビルの一階に残っているのは、寿司屋やパン屋、喫茶店くらいで、昔、着物や小間物、そして骨董《こっとう》などを商っていた店はつぶれた。

「ほんとに一本、大通りに出ると、味気ない街よねえ」

加奈子がもう何度も口にした言葉を吐いた。

しかし、ことは景観だけの問題ではない。

ビルの多くは、申し合わせたように入居者募集中という垂れ幕や貼紙を出している。もう二十年も続いている不況の悪化は、建築主たちの予想をはるかに越えていた。苦境に立たされ、すでに競売《けいばい》に付されている物件も少なくないらしい。いや他人事《ひとごと》ではない。俊介の親友の葛西《かさい》の場合もそうだった。長く続いていた金物屋であったが、いくらでも金を貸すという銀行と、いざとなればテナントを世話するという建設会社の口車に乗せられてビルを建てた。だが、思惑は外れ、銀行も建設会社も面倒をみてくれず、ビルのみならず、千駄木《せんだぎ》の家まで取り上げられ、葛西の父親は首を吊った。

「夜、そんなに遅くない時間でも、ひとりで歩いていると不気味なのよ」

加奈子は、その情景を思い出したかのように、身を寄せてきた。

「人通りが少なくなっただけじゃないの。マンションもオフィスビルも、照明のついてない部屋だらけ。まるで暗い穴が無数に空いているハチの巣みたい……。エネルギー危機のおかげで、たとえば東京タワーなんかの灯も消えたけど、そういう節約だけのせいじゃなくて、街が暗くなったのよ」

「人が消え、街の灯が消えたんだな」

「そう。でも人はどこへ行ってしまったのかしら。とても不思議だわ」

その理由は、俊介には見当がついている。たぶん、加奈子も、薄々は気づいているだろう。それを口にしたくないだけだ。

三

上野動物園をすぎると、不忍池である。

十一月とは思えない強い陽射しを反射する池には、若い男女を乗せたボートが何艘か浮かんでいた。池の周りは柳が取り囲み、赤茶けた桜の葉がはらはらと散っている。

「暑いくらいよね」

加奈子はライトカーキ色のダウンジャケットを脱ぎ、白のTシャツ一枚になった。

「ねえ、そのうち東京の気温は沖縄並みになるってほんとう?」

俊介は所属する月刊誌の性質上、その種の情報にはくわしい。

「うん、地球温暖化の影響でね、東京どころか仙台《せんだい》あたりまでそうなるという学者もいるよ」

「わたし、寒いのきらいだけど、暑すぎるのもねえ。……でも、あの人たちには暮らしやすい環境よね」

まわりのベンチはホームレスが占拠している。ビニールの覆いをかけた大量の荷物をベンチに積んで、横で気持ちよさそうにうたた寝している老人がいた。荷物からは、傘の柄がのぞいている。ベンチにあぶれた六十すぎの男は、歩道と植え込みの境のコンクリートに段ボールを敷き、リュックを枕にし、ジャンパーをかけて寝ていた。その横には、腰をおろして煙草を吸いながら、語り合っているホームレス。そして、ひとりパンを食べながら、無表情に池をみるとはなしにみている男。

ボート場を横にみて、朱塗りの弁天堂《べんてんどう》をすぎると、小橋の上でTシャツ、トレパン、スニーカー姿の中年男が、池の鴨《かも》に餌《えさ》を投げ与えていた。

「あのひともホームレスなんだろうか」

俊介が小声で訊くと、

「数年前から普通の人とあまり区別がつかなくなったのよ」

と、加奈子が答える。

「そうだよな。おれの格好とちがわないもんな」

加奈子は俊介をみて、愉快そうに笑った。

俊介はブルゾンを着ているものの、チノパンとスニーカーだ。

池のほとりの茶店では、ラーメンや生ビール、おでんなどを売っていた。店先の野外に、テーブルと椅子が並び、ちょっとしたテラスといった趣《おもむき》だ。ビールを呑む中年の男女、携帯電話を使っているビジネスマン、四、五人の中国人、フィリピン人の家族づれ、中近東のがっちりした男たち。さまざまな人々が憩《いこ》いの時間をすごしている。

その横を、大きな紙袋を三つ積んだ台車を押してホームレスが通りすぎた。だれもが他人には無関心な顔をしており、警戒しているふうでもない。ごくあたりまえの日常の中にある。

池ちかくの植え込みに段ボールを敷いた白髪の老婆が、俊介たちに話しかけてきた。

「どこから来たの？　東京、それとも田舎《いなか》？　あんたたち、お似合いだね」

ありがとう、と加奈子は微笑して答えた。

燦々《さんさん》と陽の光が降り注ぐ。俊介の父親の世代がまだ若かったころ流行《はや》ったようなムード歌謡が流れている。水辺の観光地のありふれた情景だ。

「なんだか平和だな」と俊介はいった。「そして、いかにもアジア的だ」

「日本は不況が長くつづいて、ようやくアジアの一員になったってことなのね」

加奈子が応じた。

階段を二ヵ所登ると、寛永寺《かんえいじ》の清水《きよみず》観音堂である。お堂
赤の地に白の文字で、南無《なむ》千手《せんじゅ》観世《かんぜ》音菩薩《おんぼさつ》と書いた旗が何本も翻《ひるがえ》っている。

の舞台は意外な高さだ。

椅子に腰掛けて話している中年の婦人が、粘っこい目で俊介たちをみた。加奈子は
素知らぬ顔でつぶやいた。

「……あんたたち、お似合いだね」

俊介の腕をとる指に力をこめた。

「わたしたち、夫婦にみえるのかしら」

「そりゃそうだろう」

「嬉《うれ》しい？」

「もちろん」

加奈子は悪戯《いたずら》っぽい目で俊介をみた。

お堂からは桜の並木道が見渡せる。舗装《ほそう》された歩道の脇の木陰に、びっしりと青い
ビニールが張りめぐらせてあるのに俊介の目は奪われた。

「あのあたりは、以前はホームレスの住家《すみか》じゃなかった」

「そうよ。この数年のことね。新開地といったところかな」

「だんだん世相が悪くなるなあ」

俊介は嘆いたが、意外にも加奈子は同調しなかった。

「……私、あなたほどには思ってないわ」

「え？　どういう意味？」

「いい時代ってのを、私、経験してないのよ」

「…………」

「世相や景気がいいってことを知らないの。小学生の高学年のときにバブルが崩壊した。だから、物心がついてからずっと不況だったわ」

俊介はまだバブルの熱狂を知っている。高校生だった。

「六歳の差は大きいものなんだな」

「私の友だちの中には、生まれてこのかた、いいことなんか一つもなかったっていう人が多いのよ。子供のころから登校拒否なんて周りにウジャウジャいたし、フリーターは当たり前だったわ」

「その点はあまり変わらないみたいだな」

「大学を卒業するとき、アフガン戦争が起きたでしょう。テロ、戦争、内乱、難民なんてのも、ありふれた現象なのよ、私たちにとっては……。戦争のなかった時代というか、日本人が戦争をあまり意識しないですんだ時代があったという事実のほうが信じられないわ」

「それでも今日のホームレスの多さには驚いたろう?」

うぅん、と加奈子は首を振った。

「そうでもないわ。だって、ずっと悪くなりっぱなしだから……。大学を出るとき、失業率は六パーセントちかくで、女子大生の就職は困難だった。私がバーで働いていたのもそのせいよ。せっせとお金を貯めて、花屋をやれたからよかったけど、水商売から風俗にいってしまった子もいるわ。当時でさえ、そんなだったのよ」

加奈子はべつに悲壮ぶるわけではなく淡々と話す。過度に感情を表わす女ではない。

「いま失業率は十二パーセントでしょう? 十年前の倍よね。失業者が多くなり、ホームレスが増えるのは当然だと思うわけ」

日本芸術院会館、東京文化会館、国立西洋美術館に面した道は、銀杏《いちょう》の黄葉《こうよう》が中途半端だった。ジョギングをするトレーナーとスニーカー姿の男が、俊介たちの横をすり抜けていく。

「ホームレスもジョギングするんだろうか」

「とりたてて不思議じゃないわね。彼らだって運動不足になるだろうし」

大噴水のある場所に出た。だが、どういうわけか、水を抜いてある。噴水を取り囲む森の紅葉は、これも温暖化のせいか、色あせている。

森の奥は青のビニールハウスの群れだ。木々の間に紐を渡して、トレーナーやタオルが干してある。ホームレスが落ち葉を掃き清めていた。

四阿《あずまや》では、五、六人が腰掛けて、酒を呑みながら議論をしている。藤棚の下のベンチでも、そうである。まだ若い女が、すぐ隣りのベンチで、本を読みながら何かを抜き書きしていた。平然としていて、まるで横のホームレスを気にしていない。

「あの女性、肝《きも》がすわっているな」

「この公園は、ホームレス、市民、観光客などが渾然《こんぜん》一体となってすごす場所として、完全に定着したみたいね」

東京国立博物館の正面を左折して、東京芸大の脇の細い道を進むと、そこは寺町で、谷中霊園は右手にある。

面積は三万坪強。寛永寺や天王寺《てんのうじ》の墓地と入り組んでいる。徳川家の墓地は寛永寺に属する。幸田露伴《こうだろはん》の小説に出てくる五重塔の敷地は霊園の中央だ。平坦地で古木《こぼく》が多く、かつては静寂であった。

桜並木は有名で、花の咲くころには多くの人出がある。まだ週刊誌の編集部にいたころ、俊介は同僚と花見をした。夜桜の下で、ずいぶん派手に呑んだものだった。

ところが、ほんの少し歩いただけで、俊介は立ち竦《すく》んでしまった。上野公園以上に異様な光景が展開していたのである。

さすがに墓の前は遠慮しているが、ちょっと奥まった通路や木陰には、青いビニールテントの群れがあった。

「……こんなところにまで」

思わず絶句した。みてはならないものをみてしまったと感じた。

俊介はいかなる宗教も信じていない。だが、そんな自分にも、墓地は侵《おか》すべからざるもの、という先入観があったのだと発見した。

「どうしたの？」

歩みを止めた俊介に、加奈子が訊く。

「いや、ちょっと戻ろう」

霊園の入り口ちかくにある事務所に入っていった。

カウンターのむこうで、初老の男が三人、事務をとっている。東京都を定年退職したか、あるいは委託を受けて管理している人たちのようだ。ちょっとお尋ねします、というと、一人が立ち上がってカウンターまできた。

「はい、なんでしょうか」

物腰が柔らかい。

「月刊誌のものですけど、こちらの霊園にホームレスが住み着いて、どのくらいになりますか」

「さあて……」

言葉を濁した。が、警戒しているのではない。まだ勤めて間がないだけのようだ。

別の、やや年かさの男が歩み寄ってきて答える。

「そうですねえ、もう七、八年にもなりますかね」

「以前はいませんでしたよね」

「いや、じつは昔もいたんですよ。ほら、ニューヨークのビルにテロリストが民間機で突っ込み、それからアフガン戦争がはじまり、一層不景気になったときがあったでしょう？　たしか、あのころからいましたね。だから、もう十年近くになるかな」

「やはり青いビニールを張って？」

「いや、そこまでは……。上野公園じゃないんだから」

「何人くらいでしたか」

「三人です」

「記憶力、いいですね」

「いやなに」男はまんざらでもない顔をした。「そりゃあ、当初は気になりましたからね」

霊園の地図を広げた。

「この鶯谷《うぐいすだに》にいく道路のところ。それからこの児童公園と、あとは徳川家の墓地のそばだったな。でも、ビニールは張ってなかった」

「いまは何人くらい？」

「そうねえ」

男は同僚の顔をみてから、ちょっと声を落とした。

「ざっと三百人ってとこかな」

「そんなに？」

男は首を振った。

「なに、上野公園のほうは十倍も二十倍もいるからね、それに比べれば少ないもんだよ。あっちで、あぶれた人が来るんだよ」

そして、まるで言い訳するようにいった。

「時節がらしかたないよね。それに、とくに悪さをするわけじゃないしね」

そうかと思ったとき、俊介は足元の床が揺らぐのを感じた。話をしていた初老の男の顔がこわばる。俊介とおなじ恐怖を感じたようだった。……正午すぎのものより強い！

数秒後、突き上げてくる衝撃があった。

加奈子が胸に飛び込んでくる。敏捷《びんしょう》な動物のような動きだった。目が狂気に似た色を帯びていた。

パンフレットなどを納めたラックが倒れた。カウンターの向こうでは、スチール製の書棚から書籍や書類が飛び出してくる。机や椅子が横滑りする。花瓶が落ちた。窓ガラスが嫌な音を立てて割れた。

俊介は加奈子を抱いたまま、床に投げ出された。

加奈子の手を取って外に出る。事務所の男たちが、よろめきながら続いた。

桜の木々が揺れていた。

おびただしい数のホームレスが、あちこちから湧くように出てきた。倒れる墓石に追われて必死の形相《ぎょうそう》で逃げ惑《まど》い、霊園中央の広い道にあふれた。

恐怖にかられた目、そして凶暴な目のいくつかが、俊介と加奈子を凝視する。怖い！　加奈子が身を震わせた。悪夢の中をもがいているようだった。

霊園を駆け抜けた。加奈子の手を引き、ホームレスの群れをかきわけて、言問通りに出た。ライトバンとセダンが衝突して道をふさぎ、自動車の列が停まっていた。クラクションが、かまびすしい。

衝突したセダンから若い男女が這《は》い出てきた。顔が血に染まっている。手助けした中年の男が何か叫んでいるが聞き取れない。

お菓子屋の壁に亀裂が入っている。豆腐屋は傾いていた。あちこちから割れたガラスが降ってくる。それを避けようと、人は叫びながら右往左往している。落ちてきた看板にでも撃たれたのか、歩道に転がっている男がいた。

左手で黒煙が上がっている。パトカーや救急車のサイレンが鳴り響く。

ブルゾンを脱いで加奈子の頭にかぶせながら、言問通りに出たことを後悔した。谷中の寺院の密集している路地に飛び込んだ。

どこをどのように走ったかは記憶にない。

ふいに見慣れた風景が現れた。そして家にたどりついた。

家の中は、家具や食器や書籍でひどく散乱していたが、祖父が手ずから造った家そのものは無事だった。

ガラスの破片で痛めた腕を手当てしてやっているとき、加奈子が荒い息を吐きながらいった。

「……ねえ、地面の下で、何かが起きているみたいね」

ガイアの怒りだろうか、と俊介は考えた。

第二章　創刊

一

俊介が新たに創刊される月刊誌への異動を命じられたのは、ちょうど加奈子と巡り合った一年前であった。

会社が低迷している『週刊サルーテ』を廃刊して、代わりのものを出そうと企画しており、その準備委員に「鬼の隆三《りゅうぞう》」こと斎木《さいき》隆三が選ばれたのは、ずいぶん前から耳にしていた。しかし、自分には関わりのないことだと受けとめていた。

「『サルーテ』をやめるのは、もったいないですよ。ぼくは好きだったんだけどなあ」

廃刊の噂《うわさ》を耳にしたとき、三つ年下の佐沼《さぬま》は会社の方針を批判した。

「だいいちネーミングがいいじゃないですか。イタリア語で、乾杯！　でしょう？

陰鬱な世相を吹っ飛ばすパワーがあるじゃないですか」

「でもさ、この数年、部数が落ちているらしいよ。それに、就任したばかりの新社長が、低俗なのは恥ずかしい、もっと硬派なのをつくれといったようだな」

俊介が解説してやると、佐沼は口を尖《とが》らせた。

「低俗、けっこうじゃないですか。スキャンダル、セックス、スポーツ、それに何よりも戦争。この四S路線は決してまちがってませんよ。大衆が興味があるのはそれだけですぜ。しかも陽気に取り上げている。いうことなし」

「それは、編集者の悪《あ》しき感性ってやつじゃないか。カタギの読者は、本当はもうそんなものを求めていないような気がするな」

「とんでもない。インテリぶって何をいうんですか。読者は大好きですよ。取り澄ました連中の内幕話なんか、切り口が鋭くて面白かったでしょう？　そうそう、それから風俗突撃レポート、参考になりましたねえ。この頽廃《たいはい》の世にピッタリだ」

「そうか、あっちに移りたかったんだな」

「図星。お上品なのは、ぼくには合いません。……でも、どうして鬼の隆三が、硬派の雑誌の準備委員なんです？　十年ほど前に、『サルーテ』のいまの路線を敷いたのは彼でしょうが」

「いや、ああみえても、けっこう硬派だよ」

俊介は一度、斎木の下で働いた経験がある。

「またまた。そんなこといってると、スカウトされちゃいますよ」

「……そりゃ願い下げだな」

斎木は俊介より五つ上の四十二歳。やや小柄だが筋肉質で、爛々《らんらん》と光る目を持っており、三日くらいの徹夜は平気な男である。そして、うらやましいほどの自信に満ちている。

鬼のあだ名のゆえんは、部下への厳《きび》しさにある。

知恵を出さず、汗を流さないやつが嫌いだ。手抜きを許さない。

怒鳴《どな》る、のはマシなほうで、気に入らぬ原稿は破る。ゴミ箱を蹴《け》っとばす。ペンを投げる。灰皿も投げる。すぐに馘《くび》だ！　と宣告する。出社拒否症や鬱《うつ》病になったりした部下は数えきれない。

しかも、部下に対してだけではない。起用した作家を面と向かって批判する。原稿の書き直しを求める。どんな大家でも程度の差こそあれ例外はない。

俊さん、と佐沼がいった。

「当分の間、斎木さんのそばには近付かないほうがいいですよ。だれだって、あの人の下では働きたくないのだから、きっとスタッフが集まらない。下手《へた》に目をつけられると厄介《やっかい》ですよ」

「ああ、そうしよう」

俊介は佐沼の忠告に従った。が、ムダだった。

スカウトされてしまったのである。

しかし、もっと哀れだったのは、忠告した佐沼だった。彼もスカウトされたのだった。

「なんでまた、ぼくが……」

絶句する佐沼を俊介は慰《なぐさ》めた。

「きまっているだろう？　能力を買われたのさ」

——きみのいう通り、人が集まらなかったのだ。

とはいえない。

俊介たちが異動するやいなや、編集方針を決める企画会議があった。

「雑誌の名前は、『ガイア』にする」

六名の部下を前にして、斎木は宣言した。

佐沼が口を開けて俊介をみた。声にならないざわめきが会議室に満ちた。

「ガイアとは何か？　知っているものはいるか」

斎木は一人一人の顔を舐《な》めるようにみた。だれもが視線をそらす。ただ一人、高井《たかい》戸典子《どのりこ》を除いて……。

「ギリシャ神話に出てくる地球神ではなかったでしょうか」

高井戸は臆《おく》することなく答えた。

へえ、という声があがった。

俊介と同年である。だが、博学かつ有能、押しも強い。とてもかなわない。しかも美人だ。それなのに浮いた噂《うわさ》はない。男女を問わず、なんとなく敬遠されている。

——知ってますか？

編集部のスタッフが決まったとき、佐沼が俊介に耳打ちした。

——高井戸はレズですよ。

——まさか。

——いや、ホント。マンションに通ってくる若い女がいるらしい。小柄でスリムだけど、気の強そうな女らしいですぜ。顔は……。

——もういいよ。

斎木は高井戸の答えを聞いて、満足そうにうなずいた。

「一人くらいは物識《し》りがいなきゃあな、新雑誌なんかやってらんねえよ」

皆、鼻白む。だが、こういう男なのだ。運命は甘受せねばならないと、初回にして認識するのは悪くない。

「で、高井戸、どの程度知ってる？」

「ほんのちょっぴりですよ」

彼女は笑みを浮かべ、上目遣《うわめづか》いに斎木をみて肩をすくめてみせた。

俊介は加奈子を思い出した。こんなふうに男に媚《こ》びる仕草《しぐさ》はしない。

「昔、なんとかいう学者がガイア仮説というものをたて、それで名を知られるようになったんですわ。もっとも、ゼウスやヴィーナスみたいに、子供でも知っているほど有名な神ではありませんけど」

ぼくは子供並みなのですね、と佐沼がつぶやく。

「その学者の名はラブロックだ」斎木はいった。「どんな仮説だ？」

「この世の生物は、すべて地球と一体となって環境を調節する役割を果たしている、というような仮説だったかしら」

生命体はなにか」

「そのとおりだ」声が大きくなった。「ところで、地球神ガイアが最初に誕生させた

「微生物ですわ」

「当たり。それが三十六億年前。つぎは？」

「原始藻だったかしら」

「そうだ、いいぞ。これが生まれるまでに十億年かかっている。哺乳類《ほにゅう》が生まれたのはいつか」

「二億五千万年前ですね」

「人類の誕生は？」

「二、三百万年前」

「いや、六百万年前というのが定説じゃないかな。もっとも、長い地球の生命からみれば、ほんの一瞬にすぎない」

——こいつら、いったい何やってんですか。

という顔で、佐沼が俊介をみた。わかるわけないよ、と俊介は目で答えた。だれだって、わからないさ。

「ガイア仮説の怖《こわ》いところは……」

斎木が演説調になったとき、佐沼は煙草に火をつけ、頬杖《ほおづえ》をついた。

「佐沼！」

斎木が目を剝《む》き、理科系の教師から、鬼の隆三に戻った。これが本来の姿だ。

「佐沼。おまえ、わかるか」

「……さっぱりわかりません。無学なもんで」

クスリとだれかが笑い、斎木が睨《にら》みつける。空気がピンと張り詰める。

「無学なのは知っているさ」

斎木はニヤリと笑った。

「無学だからこそ、真剣に聞くべきだろうが。大事な話をしてるんだ。……それから煙草は消せ。煙草は意志薄弱な愚《おろ》か者が吸うものだ」

「子供並みで、意志薄弱な愚か者で……、それからなにかな」

「なんだって、佐沼？」

「いえ、ほんの独《ひと》り言です」

「ガイア仮説の怖いところは、地球神ガイアは、自分が生きのびる都合で、この世の生物を創《つく》りだし、かつ滅《ほろ》ぼしているという点なのだ」

斎木は、また部下を目で舐めまわした。

「六千五百万年前に恐竜が滅んだ。高井戸、なぜだと思う？」

「あまりに繁殖しすぎて、ガイアの存在を脅《おびや》かしかねないから、ですか」

「そうだ。自分にとって脅威になるものは滅ぼす。人間と同じ本能をもっているんだ。で、佐沼。次に滅ぶものはなんだ？」

「……人類、ですか」

やっと話がみえてきた、と俊介は思った。

「そうだ、その通りだ。この新参者が地球を破壊しようとすれば、ガイアは自分を守るために、必ずや人類を滅ぼし、より気に入った生命体と置き換《か》えるだろう。それも、そう遠くない先にな」

だれもが斎木を凝視した。

「人類は繁殖しすぎたのだ。そのために地球を温暖化させ、他の動植物を食いつくし、エネルギー資源を枯渇させようとしている。ガイアは必ず復讐する。……この大問題に比《くら》べれば、その余の事件は取るに足らない。おれはこの雑誌の編集長を命じられてから、ずっと考えてきて、そういう結論に達した。それゆえ、雑誌の名前は『ガイア』にしたいんだ。政治、経済、社会のどんな記事でも、その背後にはガイア問題への目配《めくば》りを忘れないでくれ。これがおれの方針だ」

「よくわかりました」

すかさず高井戸がいった。

「とても素晴らしい方針だと思いますわ」

二、三のスタッフがうなずいた。腹の底でどう思っているかはともかく、抵抗してもムダなのである。

「方針としてはもっともですが……」

佐沼が口を挟んだので、俊介はヒヤリとした。

「ただ各論として、たとえば旅行記事なんかですが、いまなら紅葉特集なんかを各誌でやってますね。そのなかにガイア問題をどう織り込めばいいんですか。ぼくみたいな意志薄弱な愚か者には見当もつきません」

「そりゃそうだろうな」

斎木はピシャリといった。

「たとえばだな、京都の紅葉の穴場はここだ、なんて記事は要《い》らない。温暖化を怒って、ガイアが紅葉を滅ぼしつつある、とやるんだ」

「こういうことじゃないかしら」

高井戸が堂々と割り込む。

「食べ物なら、この寿司屋は有名人の通う店とか、日本のラーメン屋百選などというのじゃなくて、こうすれば無農薬野菜を買える、とか、お薦《すす》めの八百屋さんはここ、というふうにまとめる」

「そうそう、そういう調子だ。高井戸、さすがだ。いいアイディアが出るな」

「そうすると」と佐沼が口を挟んだ。「中高年の趣味や生きがいも、ガイア問題に合うものだけを取り上げるんですね」

「佐沼もわかってきたじゃないか」

「わからないこともありますよ。環境に優しいヌード、なんて難問だなあ」

俊介ほか数名は噴き出し、高井戸は柳眉《りゅうび》を逆立《さかだ》てた。

「ヌードは要りませんわ」

要らない、と斎木もいった。

そうでしょうか、と佐沼はなおも食い下がる。斎木が怒りを抑《おさ》えていった。

「陳腐《ちんぷ》きわまりない。いいか、高学歴の女性も手に取る雑誌をつくるんだ」

「じゃあ、男のヌード。あなたのみたい男はこれだ」

「バカか、おまえ」

佐沼さん、と高井戸がいった。

「女性は男性の体をみてもうれしくないんですよ。こんな平凡なこと、知らないんですか」

「知りません。で、高井戸さんも？」

「当然だわ」

「ウソでしょう？」

「……このセクハラ男！」

高井戸が夜叉《やしゃ》になった。目が吊り上がり、口は耳まで裂ける。端正で知的な顔立ちが台無しになった。

「あんたとなんか」と、金切り声をあげた。「絶対に、いっしょに仕事しないからねっ」

斎木も鬼の顔で睨みつける。部屋の空気がぎゅっと凝縮され、爆発点に達しようかというとき、ドアをノックするものがあった。

編集局長の安原《やすはら》が長身を現した。

「斎木くん、ちょっとお邪魔するよ」

スマートで柔和、社内で斎木を制御できる唯一の男だ。斎木がこの創刊誌の編集長に起用されたのは、安原の推薦によるという噂だ。

「大事な会議中に申し訳ないが、ひょっとすると雑誌に関係する事態かもしれないから、耳に入れておこうと思ってな」

斎木が一瞬にしてにこやかな表情を浮かべる。

「なんでしょう？　ここでもいいですか」

「ああ、みんなにも聞いておいてもらいたいな」

安原はテーブルの末席に気軽に腰を下ろした。地位や権力を笠に着ることがなく、若手の信望も厚い。

「北大西洋のバミューダ島付近航行中のアメリカ海軍掃海艇が一隻、突然消息を絶ったようだ。ＣＮＮがニュースを流している」

穏やかな語り口だが、逆に迫力がある。

アフガン戦争以来、アメリカは中東の海に大規模な艦隊を張りつけていた。もうすぐ十年になる。

「テロ？」

斎木が短く訊いた。だれもが同じ連想をした。

何が起きても不思議ではない時代が長くつづいている。このところ小康《しょうこう》状態を保っているとはいえ、中東の紛争は何一つとして抜本《ばっぽん》的に解決していない。いや、むしろイスラム諸国の対米感情は悪化するばかりだ。

「たとえば、イスラム過激派の？」

斎木は言葉を重ねた。

「アメリカ政府はあらゆる可能性を否定していないね」

安原は静かに答える。

「突然、消えたというと？」

「言葉通りの意味さ。あっという間にいなくなったらしい」

「消えたって、いったいどこに？」

「常識的には海の底だろうけどな」

「しかし、自爆テロなんかによって攻撃されたのなら、通信するくらいの時間はあったでしょうが？　周囲にいた他の艦船だって、気付きそうなものだし……」

これまた、みなが同じ思いだった。

安原は首を振った。

「よほど強力なミサイルでも使ったのかな。でも、爆発は確認されていない」

「イスラム過激派の犯行声明はない？」

「いまのところはね」

「天候はどうだったんです？　嵐が吹き荒れていたとか」

「いや、晴天で海は穏やかだったそうだ」

斎木は、ふうと息を漏らした。

「CNNも不可解だとコメントしていたが、まるで何者かにさらわれたみたいに、すうっと消えたらしい」

俊介は寒気を感じた。

二

月刊『ガイア』を創刊しようとしたとき、にわかに集められたスタッフの中で成功を予測したものはほとんどいなかった。

俊介は、しかし、雑誌のコンセプトに強く惹《ひ》かれた。

古代ギリシャ神話の地球神の名を取った「ガイア仮説」によれば、生物はみな地球と一体となって環境を調節する役割を果たしているという。だが、人口一つとってみても、二〇一〇年の時点で八十億人に迫っている。この人口爆発の重みに、地球はすでに耐えられなくなっているのではないか。

しかし、そのような理屈が正しいとしても、それを正面に据《す》えた雑誌が、果たして読者に受け入れられるかどうか、それが疑問だった。

第一回目の企画会議のあと、複雑な思いを抱えていた俊介は、佐沼にお茶に誘われた。会社から歩いて五分ほどの神田の喫茶店である。照明は薄暗く、いつもクラシック音楽を流している。遠い昔、まだ文士と名乗る種族がいたころ、彼らが通ったという伝説の店で、いまは暇をもてあました文学老人の溜《た》まり場になっている。まだかろうじて小説を好んだ団塊《だんかい》の世代でさえ、とうに還暦をすぎていた。老人たちは長っ尻《ちり》で、さして売り上げには寄与しないのだが、店にとっては貴重な客だ。若い客が来るような雰囲気ではない。しかし、どういうわけか、佐沼は贔屓《ひいき》にしていた。

「どうです、俊さん、あんな月刊誌が売れると思いますか」

どさりと腰を下ろすなり、いきなり投げ掛けてきた。そして、まだ夕方だというのに、ビールを注文した。

「なかなかおもしろい企画じゃないか」

俊介はコーヒーを頼みながら佐沼にいった。俊介は中背でやや痩せており、佐沼は背は低く小太りで、体質的にも対照的だ。性格だってだいぶちがう。それなのになぜか気が合い本音がいえた。

「なんですか、高井戸はともかく、俊さんまで……。そういうふうに冷静で第三者的なのが悪いところですよ。当事者の立場で発言してください」

佐沼は雑誌の基本は四つのSだという考えを持っている。スキャンダル、セックス、スポーツ、そして永遠になくなりそうにない戦争の四つだ。その四S論をまたきかされると覚悟したが、果たしてそうだった。

「大衆がスキャンダルを好むのは、なぜだと思います？」

「おれは大衆とやらに対して、きみほど確固たる定見を持ち合わせていないんだ」

「ぼくは、日本人ってのは、とてつもなく妬《ねた》み深い国民だと思いますね」

佐沼はジョッキのビールを飲みながら、舐めるような目でみた。

「長い間、変な平等主義に毒されていたから、抜け出たやつや有名人を羨望《せんぼう》するんですよ。だから彼らのスキャンダルを異常に好む」

「まあ、分析としては一理あるんだろうな」

「ほう、では俊さん自身は妬みませんか」

「どうやらおれって、他人にあまり関心がないみたいだな」

佐沼は煙草をくわえた。

「じゃあ次。日本人は極端にセックスが好きですね。なぜでしょう？」

「宗教のように、己《おのれ》を律するものがないからか」

「うん、いい線だ。でも、それだけじゃないですよ。道徳心もないし、恥の感覚もなくなった」

「昔はあったんだろうな」

「いつです？」

「サムライってのがいた時代」

「そうかな？　サムライだって、かなりいい加減だったんじゃないかな。でも、まあいいや、現代の話をしてるんだから。さて、次に異様にスポーツを好む理由は？」

「無趣味だからかな」

「なおかつ無教養だからですね。単純でわかりやすい見せ物を好む。そして、そういう人間にとっては、四番目の戦争ほどおもしろいものはない。自分が殺されないかぎりはね」

「それが、いまの日本人だというのか」

「そう、そのとおり。よって、斎木さんの編集方針は、大衆には受け入れられませんよ。断言してもいい」

　グイとビールを呑み干した。佐沼の酒は底無しだ。

「そういう楽しい話を聞いていると、おれもビールを飲みたくなるな」

「とめませんぜ」

「いや、酒は、いい女としか呑まないときめたんだ」

「いつ？」

「昨日から」

加奈子とたっぷり呑んだのだった。知り合って間のない彼女は、かなりいけるクチだった。

「じゃあ、十何時間は抜いたじゃないですか。もう充分ですよ。やりましょうよ」

勝手にジョッキを注文した。

バッハのブランデンブルグ協奏曲が流れている。俊介は、しばし耳を傾け、ビールを呑みながら、たったいま思いついたことを反芻《はんすう》した。斎木の利《き》かん気で意志の強そうな顔が瞼《まぶた》にちらついた。

「きみと話していると、だんだんわかってきたことがあるな」

「へえ、お役に立ちましたか」

「うん、おおいに……。斎木さんは鼻持ちならない自信家で、唯我独尊《ゆいがどくそん》の権化《ごんげ》だけど、編集者としてじつに希有《けう》な資質を持っていたんだな。いま、それに気づいたよ」

佐沼はハトが豆鉄砲をくらったような顔をした。

「なんです、希有な資質って？」

「彼は、大衆なんて低俗なもんだ、というふうに決めつけない。つまり読者を軽蔑《けいべつ》していないんだな。意外な発見をしたよ」

佐沼は複雑な表情を浮かべた。

「ちょっと、ウイスキーをダブルで」

ウエイトレスに向かって声を張り上げた。

「もうひとつあるよ」と俊介はいった。「斎木さんは絶望してないんだな。やりようによっては、まだこの国に未来があるかもしれないと信じている。そして、明日も生きていこうというメッセージを読者に送りたいんじゃないか。そこらへんが、おれとはちがう」

佐沼は口をつぐんだ。

俊介に批判されたと感じたようであった。不機嫌そうな顔をしてウイスキーを呑む。あっという間にグラスが空《から》になった。お代わりを頼む。

「硬派の雑誌をつくれという社長直々《じきじき》の命令には逆らえないから、『ガイア』なんて考え出したんじゃないというんですね？」

「まあ、それもあるだろうな、サラリーマンだから。でも、雑誌なんかはどうせ赤字だと腹をくくれば、このさい自分がやりたいと思っていたものをつくろうと考えた」

「いささか好意的すぎる推測じゃないですか」

「うん、あるいはな。しかし、そうじゃないかもしれない」

出版不況が長くつづいていた。名の知られた出版社が、三社つづけて倒産した。ある会社は更生法を申し立てたが、スポンサーが現れず破産に移行した。もう一社は新社と称する第二会社をつくって再起を図《はか》ったものの、途中で挫折した。それをみていた三番目は、ハナから再建努力をあきらめ、他に営業譲渡してみずから消滅した。

次につぶれるのはどこかというのが、業界関係者の挨拶《あいさつ》がわりになって久しく、俊介の勤める翔文社《しょうぶんしゃ》は、いつもありがたくない候補にのぼっている。

斎木のような自信家が、創刊雑誌の準備委員を命じられて、一種開き直った気分になるのも、俊介にはわからないでもなかった。

「ちょっと意外でしたね。高井戸は論外として、俊さんがそういう考えを持っているなんて」

佐沼はそういって、さっきの会議で高井戸典子にこっぴどく罵倒《ばとう》されたのを思い出したようだった。

「あのババア、気に入らない。優等生ぶりやがって……」

アルコールのせいで目が据《す》わっている。

「それはちょっと気の毒だろうが」俊介はたしなめた。「おれと同期で、三十代の後半に入ったばかり。まだ青春まっ盛りじゃないか」

「とんでもない。立派なババアですよ」

「じゃあ、青春というのはいくつくらいまでなんだ？」

「青春？」

佐沼は目を丸くした。

「いまどき、そんなものがありますか。もう半世紀も前に消えた概念でしょうが……。少なくとも、ぼくにはそんなものはなかったな」

「…………」

俊さん、と佐沼は真顔になった。

「これまで優しい女に出会った経験がありますか」

「あるよ」

「いつです？」

「大昔さ」

加奈子が優しい女なのかどうかは、まだわからない。優しさに似たものを感じることはある。だが反面、他者を拒絶する厳しさを垣間《かいま》見ることもある。

「ねえ、世の中は、高井戸みたいな猛々《たけだけ》しい女ばかりになって、いわゆる優しい女は絶滅したんじゃないですかね。いえね、ぼくの母親くらいの世代には、まだいるかもしれない。いま六十以上の現役を引退した女性の中には……。でも、これまでぼくが付き合ってきた女は、みなエゴイストですよ」

酔いのせいばかりではなく、目に寂しさが漂《ただよ》っていた。

「女性から母性が欠けてきたっていいたいのか」

「うん、そう言い換えてもいいかな。だいいち子供を産まなくなったんだから」

三十代では既婚者と未婚者は半々だ。それどころか四十代の未婚者もざらな時代である。だから俊介も佐沼も、独身であるがゆえの肩身の狭さなんかを感じることがない。きっと高井戸もそうだろう。

五年ほど前から日本の人口は減少に転じていた。あと百年を待たずして日本人は半減するという恐るべき予測さえある。

「ひょっとすると、優しさってのは」と佐沼が付け加えた。「女の属性ではなくて、男のものじゃないですかね。ぼくの周囲ではみなそうですよ」

「でも、女は好きな男には優しくなれるんじゃないか」

「俊さんは虚無的なくせに、女に甘いからなあ」佐沼は首を振った。「そんな女はワシントン条約で保護されるべき希少動物ですよ。……じゃあ、俊さんはその歳にもなって、なぜ結婚してないんですか」

「わからないよ、そんな難しいこと」

「当ててみましょうか」

「ああ、教えてくれ」

「愛というものを信じてないでしょう？」

「…………」

「ぼくと俊さんの数少ない共通点の一つは、愛を信じていないということです」

佐沼は言い切って、まるで水でも飲むように、喉を動かしてウイスキーを呑んだ。表情がいやに自信に満ちている。

「ところで、高井戸をどう思いますか」

と、また妙なことを訊いてきた。

「そうさな、仕事熱心で一所懸命じゃないか。いまどきの優秀な女性らしく」

「寝たい？」

「そういうタイプじゃないな」

「高井戸も俊さんを憎からず思ってますよ。単に同期というだけじゃなくね。でも、およしなさい。あいつは斎木編集長とデキてますよ」

「なぜわかる？」

「簡単ですよ。前もって打ち合わせをしていなきゃあ、『ガイア』についてああ簡単に答えたり、スラスラと提案もできない。きっとベッドの中でふたりで考えたんですよ。濃厚なセックスのあとでね」

俊介は噴き出した。邪推は佐沼の悪癖《あくへき》だが、滑稽《こっけい》で憎めない。

「ガイア仮説ほどの信憑《しんぴょう》性がないな。斎木さんはそういう男じゃないさ」

「彼を信じているんですね」

「そう、おれよりはよっぽどモラリストだね」

おせじではなかった。斎木には、おれにはない信念がある、と俊介は思った。

佐沼は何本目かの煙草を吸った。日に三箱は空けるヘビースモーカーだ。

「それはそうと、アメリカ海軍の掃海艇は、なぜ消えたと思う？」

と、俊介は話題を変えた。

今日の会議の終りごろに聞かされたニュースがまだ引っ掛かっている。

「こんなケースって、以前にもありましたっけ?」

と、佐沼は首をひねった。

「うん、あのあたりは魔のトライアングルといってさ、たしか百隻を超える船舶や、航空機までもが原因不明のまま消滅しているんだ」

――葛西に訊いてみようか。

と、俊介は思いついた。長年、商社で海底の石油や天然ガスの掘削《くっさく》に関係する仕事をやっている葛西ならば、海の知識が豊富にちがいない。

それに、この高校時代の同級生には、ずいぶん会っていなかった。月刊『ガイア』などという地球を相手にする雑誌の編集を命じられたのは、ちょうどいい機会だ。挨拶をかねて連絡してみようと思った。

俊介はその場で携帯電話をかけた。

しかし、電話に出た女性は、申し訳ありません、葛西は出張中です、と答えた。

そういわれると、会いたい思いが急に募《つの》ってくる。

「いつお帰りですか」

「それが、ちょっと長引きそうなんですが」

「いま、どちらに？　連絡先を教えていただければ、そちらにかけますが」

女性は少し間を置いた。

「海外です。……ナイジェリアなんです。あの、お急ぎでしょうか」

「いや、それほどでもありません。また電話します」

相変わらずバリバリやっているんだな、と思った。

しかし、その後、雑誌の創刊に向けて多忙をきわめた俊介は、葛西のことを忘れた。

バミューダの掃海艇の事件は、原因不明のまま、ほどなくしてマスコミから消えた。

三

月刊『ガイア』のスタートは、大方の予想通り、散々だった。

だが、斎木は簡単にめげるような男ではない。

「わかる読者は、いつかはついてくる。心配するな」

弱気になるスタッフを叱咤《しった》激励《げきれい》しつづけた。

そして、創刊して半年をすぎたあたりから、部数は急に上昇に転じた。黒字ラインにこそ達しないが、一年後には五万部ちかく売れるようになった。広告のほうも、徐々にではあるが、月を追うごとに増加した。

「おたくの編集長、あれでなかなか広告主の評判がいいですなあ」

俊介が佐沼と会社ちかくの蕎麦《そば》屋で鍋焼きうどんを食べているとき、居合わせた広告の担当者から教えられた。

「へえ、斎木さん、広告主のところを回っているの？」

佐沼は箸《はし》を動かす手を止めた。

「知らなかった？　週刊誌時代のコネを使ったりして、それはもう精力的なんだな」

「へえ、ぼくらに威張《いば》り散らすだけじゃないんだ」

「狙《ねら》い目もいいんだ」と、男は解説した。「編集長、なかなかのセンスでね、雑誌のコンセプトに合う会社を攻めている」

クライアントの傾向は、俊介も薄々感じていることだったので、確かめてみたくなった。

「公害や環境に敏感な会社の反応がいいようですね」

「そう。低公害車に力を入れている自動車や、環境に敏感な電力だな」

「そして、健康関連」

「うん、食品、薬品ね」

「それから、中高年向けの業界でしょう？」

「そうそう、介護だとか電機ね。……なんだ、俊さん、よくわかっているじゃない。たとえばロボットの犬や猫をつくっているメーカーに目をつけたなんて、斎木さん、鋭い。いまやペットに占《し》めるロボットの割合は、十パーセントに迫っているらしい」

「そんなもの、だれが買うんだろう？」

佐沼が不思議そうな顔をした。

「団塊の世代を中心に売れている」

「へえ、なんでまた？」

「連中、孤独なんだな。会社から離れてしまうと、友人がいなくなる。地域社会とは縁がない。ましてや女房や子供には相手にされない。そして、大体が無趣味だから、やることがない。かといって本物のペットを飼ったのでは、世話が大変でしょう？で、ロボットの犬や猫を買う」

「違和感、ないんですかね」

「たぶん、ないね」と、俊介はいった。「彼らは子供のころから、アトムや鉄人28号に慣れ親しんでいる世代だから、ロボットに抵抗はないんだよ。有望産業だろうな。高齢化が進んでいるのは日本が一番だけど、その度合いを強めている先進国に、これから売れるんじゃないか」

「でも、彼らには違和感があるでしょうが」

「いや、日本のアニメは世界的に評判がいい。それとおなじで、ロボット犬や猫が、世界を席巻《せっけん》するさ。かつて繊維や造船や電機がそうだったように」

でも、俊さん、と佐沼が切なそうにいった。

「ぼくはロボット犬は興味ないんです。ねえ、ロボット娘ってのができませんかね。そっちのほうが、生きた女より可愛くて従順でしょう？　たとえば高井戸なんかより……」

ハハハ……と、広告の男は愉快そうに大笑いした。

「ロボット・キャバクラなんてどうです？」佐沼は調子に乗った。「わけのわからんものを飲まないし、フルーツなんて食わない」

「そう、安く上がる」

「そうだ、ランジェリーロボット・パブなんてのもいいな。団塊の世代がいっぱい来そうだ。ロボット犬を抱いたりして」

「わたしの歳だと」と広告の男がいった。「妖艶熟年ロボットがいいな。たとえば着物姿の」

「俊さんは？」

「なに？」

「だから、どういうのがお好み？」

「おれは、人間のほうがいいな」

「まだ懲《こ》りてないんですな」

男がいい、佐沼は愉快そうに笑った。

俊介が、評論家と北京《ペキン》、上海《シャンハイ》、広東《カントン》省を五泊六日で回れと斎木から命じられたのは、蕎麦屋から帰ったときだった。

出張から戻って数日後、俊介は斎木に誘われた。

銀座《ぎんざ》八丁目のビル五階のバーだった。カウンターのほかにテーブル席が二つだけある。

「あら、サイちゃん、いらっしゃい」

佐沼が、例の悪い癖で、あれは斎木の女だと断定するママは、きょうも和服を着ていた。黒の地に、裾《すそ》から肩に向かって、金銀箔《はく》をほどこした青竹が力強く伸びている。袂《たもと》から、わずかに赤い裏地がのぞいているのが粋《いき》だ。帯は藤色。地味でいて、嫌味がない程度に派手だ。

小柄だがすらりと姿がよく、細面《ほそおもて》の美人である。四十前後にみえる。東京下町の出で、飾り気がなく、気配りが利く。どのような関係かは知らないが、斎木好みなのは確かだ。反対に、けばけばしくて鈍感で騒々しい女を彼は嫌う。その点、俊介と趣味が合っている。

「ああ、ひさしぶりだな」

斎木が少し気取っていうと、

「そうね、十八時間ぶりかしら」

と、俊介に目配せした。微笑を含んだ瞳の色が、ぞっとするほど深い。

斎木はまるで我が家のように、勝手に奥のほうのソファに腰を下ろした。他に客はおらず、二人のホステスも出勤前だ。

ママはワイルドターキーの水割りの用意をした。斎木はバーボンに目がなく、ボトルをキープしている。

「腹が減っている」

と、彼はぞんざいにいった。女房に命じるみたいだが、佐沼によれば斎木は恐妻家だ。もっとも当てにならないが……。

「きょうは、昼にザルを一枚食っただけなんだ」

「へえ、忙しかったんだ。でも、校了じゃないわよね」

「あたりまえだ。校了なら徹夜だよ。取材だ、取材」

斎木はじっと机にかじりついているのを好まず、ちょっとでも暇ができると、精力的に歩き回る。

「パスタが食いたい。ムール貝があったら、たっぷり入れてくれ。俊介、おまえも食うか」

珍しく三泊した加奈子は、今日帰っていったから、夕食はないと思い出した。

「いいですね、ムール貝。オリーブ油で炒《いた》めたやつを、大皿にいっぱい欲しいですね」

「おう、そうだな。そいつをつつきながら、まずワインを呑むか？　月並みに白じゃなく、赤をな」

「うちはイタリアンじゃないって何回いえばわかるの？　ムール貝なんて、あるわけないじゃない」ママが睨むふりをした。「これでも銀座のバーなのよ」

「わかってるって。でも、この店の取り柄は、安っぽい素材を使ってるのに、なぜか旨いママのパスタだ」

「これで褒《ほ》めてるつもりなんだからねえ。……あのね、サイちゃん、とくべつなんだから、他にお客さんがいるときには注文しないでよ」

ママは水割りをつくると、奥の小さなキッチンに消えた。

斎木はほとんど一息でグラスを干した。俊介がつくろうとすると、手を払いのけて自分でドクドクと注《つ》ぎ、申し訳程度に水を入れた。

「本当は水なんか入れたくないんだが、医者に濃い酒は呑むなといわれてるんだ。ウイスキーはロックにかぎるのに、野暮《やぼ》なやつだぜ」

「どこか悪いんですか」

「どこかだって？　全部だ、全部。肝臓、腎臓、心臓。血糖値、コレステロール、ガンマなんとか。悪くないのは頭と顔だけよ」

「顔、ですか」

「なんだ、異論があるか」

「いえ、べつに」

斎木は紙袋から原稿を取り出した。

「おまえ、だいぶネジを巻いたようだな」

口許《くちもと》には皮肉な笑みをたたえているが、目は爛々《らんらん》と光っている。

「なんのことです？」

「とぼけるな。あの愚図《ぐず》な評論家にしては、めずらしく原稿の上がりが早い。いや、まてよ、この原稿、俊介が書いたんじゃないか」

「私にそんな力はありませんよ」

「ふん、嘘つけ。観察眼も筆力もおまえはピカイチだ。うちの社に置いておくのが惜《お》しいほどにな」

「ありがとうございます。でも誤解です」

「そうかい。にわかには信じられないが。……それから、こっちのほうが大事だが、視点がうちらしくていい。中国は地球を滅ぼしかねず、いま『ガイア』がもっとも警戒しているってのがな。あの評論家を洗脳したな」

「とんでもない。圧倒的な事実の力のせいですよ」

斎木は写真の束《たば》をどさりとテーブルに置く。同行したカメラマンが撮《と》ったもので、出来のいいものだけを提出してきたが、それでも二百枚をゆうに超える。

「しかし、評論家やエコノミストってやつは、十年前には無責任な予測をしたもんだな。競馬の予想屋のほうがまだ当たる」斎木は嘲《あざけ》るように付け加えた。「あの評論家だって同類項だったんだぞ」

ストレートにちかい酒を呑んだ。

「十年ほど前、ＷＴＯ（世界貿易機関）に加盟したころ、中国は安定した経済大国になると予想したバカの一人だった。いや、お先棒《さきぼう》をかついだんだから罪は、もっと深い。知っているか？」

「いえ、ちっとも」

「なんといったかな、『二十一世紀の輝ける赤い星』のようなタイトルだったな。まあ、たいして売れずに絶版になったため、あまり人の目には触れなかったけどな」

「でも、当時はみなそんな調子だったんでしょうが」

「そうよ。どいつもこいつもろくな取材をせずに書いていたからな。いや、そうじゃない、想像力が貧困なんだな、取材云々《うんぬん》の次元以下だ」

斎木は何かを考えるような目をした。見えない被膜がからだを覆い、他者を寄せ付けなくなる。危険な雰囲気が漂う。

俊介は避けるようにウイスキーを呑んだ。

「なあ、俊介」と斎木が詰問するようにいった。「おまえは知っていて惚《とぼ》けるところがあるな。なぜなんだ？」

「それも誤解ですよ」

「おれをごまかす気か。おまえの本心はな……」

斎木は凝視した。が、目に怒りはなかった。

「おまえは、この世の中に確かなものなど何一つとしてない、と思っているだろう？」

思わずグラスを持つ手がとまった。

「俊介のような人間を、遠い昔、ニヒリストといったんだ」

「ちがいますよ、それは」

「いや、ちがわない」

斎木は声を落とした。

「おれもそうだから、おまえの胸の底が読めるのよ」

俊介は煙草を一本抜き出した。斎木はとめなかった。

「だがな、それは編集者として致命的な欠陥になるぞ。あくなき好奇心、新鮮な発想、骨惜しみしないバイタリティー。それが編集者の命だ」

「…………」

「そういうものは、自然に出てくると思ってるだろうが？」

「いいえ、まさか……」

「ほんとうにわかってるのか。自然に出てこないから厄介なんだぞ。しっかりと物をみる、心で感じる、頭を使って考える、取材する、本を読む、そして文字にしてみる。懸命に自分を奮《ふる》い立たせて日々努めないかぎり、そういうものはあっという間に消えてしまう。とりわけニヒリズムは最大の敵だ。……おまえはまだ三十七で若いからしのげてるが、四十にもなると抜け殻《がら》になる。会社を、いや、世の中をみてみろ。自分の意見をもたない腑《ふ》抜《ぬ》けばかりじゃないか」

斎木は三杯目のウイスキーをつくり、また喉を鳴らして呑んだ。

佐沼を始め多くの人は信じないだろうが、斎木は繊細な神経を持った含羞《がんしゅう》の人だと俊介はみていた。

斎木がさらに何かをいいかけたとき、ママがパスタを運んできた。

「あら、早すぎたかしら。お邪魔みたいね」

微笑を含んだ目で、斎木と俊介を等分にみた。

「いや、そんなことはない。いいタイミングだ。とくに俊介にはな」

斎木は苦笑した。

俊介が説教を煙《けむ》たがっていると解釈したようだった。が、これまた誤解というものだ。俊介はもう少し斎木の信念を聞きたいところだった。

「それだけじゃない」と斎木はママにいった。「ちょうど頭にきて腹が減ったところだ」

「サイちゃんは異常体質よね。怒るとすぐお腹がすくんだから」

パスタの具はソーセージとタマネギだけだった。だが、加奈子のと甲乙つけがたい出来だった。加奈子はふんだんに魚介類を入れて、かなり本格的なものをつくるが、ママのは素朴《そぼく》な味わいで、何の抵抗もなく喉《のど》を通る。

――ひょっとすると、

と、俊介は勝手な想像をした。加奈子はバー勤めをしていたとき、このようなママに料理を仕込まれたのではないか。

斎木は、焼きそばでも食べるように、箸を使い音を立ててパスタを啜《すす》る。あっという間に平らげた。

「ねえ、サイちゃん、そんなふうにむさぼって味がわかるの？」

「わかるさ。旨いからむさぼれるんだ。アレといっしょだ」

「そうかしら。ちがうと思うけどなあ」

またウイスキーを呑みだした斎木は、再び何かを思いついたとみえて、視線を宙にさまよわせた。

「いま何が閃いていたか、わかるか」

編集部員を恐れさせる偏執狂《へんしつ》の目になっている。俊介はためらった。だが、答えるしかないのである。

余人には理解できないだろうが、俊介は語り合わなくとも斎木と思考が共鳴しあうことがある。そのとき斎木のほうも、異常に鋭い直感でもって、俊介が共鳴しているのに気づくのだ。

「評論家の勤務評定でもやるんですか」

斎木はニヤリと不敵な笑みを浮かべた。

「中国がWTOに加盟したとき、それから二年前の北京オリンピックのとき、学者やエコノミストや評論家がどのように中国の未来を予測したか、公表されている資料をベースに点数をつけてやる。どうだ?」

「…………」

「いや、まて。テレビに頻繁《ひんぱん》に出ている連中を逃す手はないな」

「膨大《ぼうだい》な数になりますよ」

「こうしたらどうだ？　有名なテレビ番組に的を絞って、キャスターやタレントが何を喋《しゃべ》り散らしていたか、ビデオで検証するんだ。そして的中率を採点してやる。そうすれば、やつらも少しは言動に気をつけるんじゃねえか」

「それは期待できないでしょうね。黒を白というのが平気な人種なんだから」

「そうか。目立つために商売でやっているだけだもんな。でもな、あいつらがいかにいい加減かを示せば、読者や視聴者も少しは目を覚ますんじゃねえか。おれは日本人が嫌いだが、とりわけ有名人信仰と健忘症が我慢ならねえんだ」

「わあ、おもしろそう」ママが調子を合わせた。「わたし、そんな雑誌なら読んでみたいわ」

「そうか。どうだ、俊介。ママが興味を示すんなら、売れるぜ」

罪作りなママだ、という目で俊介はみた。が、ママは可笑《おか》しそうに、そっとウインクを返した。遊んでいる。

「おもしろいじゃねえか。したり顔で他人を批判する連中を逆に評価してやるのよ。そうすりゃ経営者やサラリーマンには大受けだぜ。……そうだ、出入りの編集プロダクションにデータを集めさせてみるか。担当はそうだ、佐沼がいい。暴露モノに関して、あいつの能力には捨てがたいものがあるからな」

この一年間、斎木は生真面目《きまじめ》な企画は高井戸に担当させていたが、一方、容赦なく他人を攻撃するときには佐沼を起用した。『ガイア』編集部に佐沼を引っ張ってきた斎木の意図を、ちかごろようやく俊介や佐沼は理解しだしている。

「そういう企画は、しかし、うちも返り血を浴びやしませんか」

「うん？　どういう意味だ？」

「うちだって、そういう人を起用して記事を書いてもらったり、本を出したりしてたんですからね。同罪だ、とやられませんか」

「そんなの知ったことか」

「編集長の首が飛ぶかもしれない。上と繋《つな》がってるのも一杯いますよ」

「ますますおもしろい。やれるもんなら、やってもらおうじゃねえか」

凶暴な目つきをしてウイスキーを呷《あお》った。

「しかし、その特集と雑誌のコンセプトとが、どう結びつくんですか」

「そんなことは、俊介、おまえが考えるんだ」語調を強めた。「タイトル一発でコンセプトを浮かび上がらせる。そういうの、得意だろ？」

俊介は煙草が一本灰になるまで考えた。やむなく答えた。

「『ガイアの怒りに触れる愚者の採点表』なんてのが浮かびますが……」

「なるほど」

斎木は少し考えてからいった。「それでいこう」

なんだかちょっぴり哀しくもあり、また虚《むな》しかった。

「……それはそれとして」

と、俊介は斎木を誘導した。

「本題に戻りませんか」

「本題？」

斎木は冷水を浴びせられたように我に返った。目から狂気が抜け落ちる。だが、すぐにまた、べつの種類の執着が顔に浮かぶ。変化の激しい男である。

「おう、中国な」

たちどころにターゲットを切り替えて、原稿を指差した。

「ずいぶん丁寧《ていねい》に取材したな。褒めてやる。とくにインタビューがいい。民主活動家、失業者、解放軍の兵士、法輪功《ほうりんこう》の信者、それにチベット人など層が厚い。俊介の中国語の力が生きたってわけだ。コツコツ勉強していた成果だな。通訳を使ったんでは、こうはいかないからな」

そして、斎木は皮肉っぽくいった。

「あの評論家は、なんか役に立ったか」

　答えようのない質問だ。

「おまえが内容まで自分で整理してインタビューしたんだろ？　それにしても、よくぞここまで本音《ほんね》を聞き出せたもんだ」

「彼らはみな異常なほど話したがっていました。それに話すのを躊躇《ちゅうちょ》しなくなりましたね」

「経済を自由化した影響が、いろんな形で出てきているのよ。政治が独裁体制のままってわけにはいかんからな」

　斎木は写真の束に目を落とし、上の数枚を指で叩いた。

「出張のタイミングもよかったが、この北京の中南海《ちゅうなんかい》の写真、よく撮れたな」

「あのカメラマンは腕がいいだけじゃなく、度胸がありましてね」

　中国共産党幹部の居住区から、黒い炎が立ち上っている。遠目からも、相当の規模の火災だとわかる。何十台という戦車や、銃を構えた解放軍兵士が警戒している中、決死の思いで盗撮したものだ。

　横にすわったママが、目を見開いて斎木の手元をのぞきこむ。脂《あぶら》の乗った白いうなじが、俊介のまえに差し出された。

「これって、爆発物を使ったの？」

「たぶんな」

「住んでる人に被害は出たの？　幹部なんかに……」

「中国政府は否定しているよ」

ママは写真を手にとってつぶやいた。

「九年ほどまえに、アメリカの中枢部がハイジャックテロにやられたけど、今度は中国の中枢部の番ね。世界中、例外のない時代なのよね」

俊介はハッとして、ママのうなじから目をそらした。記事のタイトルに使えそうだ。斎木もまたママを凝視し、それから思い出したようにウイスキーを飲んで、遠くをみるような目をした。

「だれがやったのかしら。またイスラム過激派？」

ママが訊いたが斎木は取り合わなかった。完全に自分の殻に閉じこもる。ママは俊介に視線を移した。

「中国政府はまだ犯人を特定していませんけど、その可能性はありますね」

新疆《しんきょう》ウイグル自治区の住民は二千万人弱。その六割はウイグル族などの少数民族が占める。

彼らイスラム教徒は、ずいぶんまえから分離独立を求め、ウルムチやイーニンでの暴動の記事がマスコミで報じられていた。ニューヨークのテロのあとなどは、アフガニスタンのアルカイダのキャンプで訓練を受けたという情報が流れたものだった。そして数年前、ついに独立を宣言した。国名は中国に併合されるまえの東トルキスタン共和国。

しかし、中国がそれを許すはずもない。新疆ウイグル自治区の独立は、チベットや内モンゴルに波及し、広大な国家の分裂は火をみるよりも明らかだ。また、豊富な原油や天然ガスの確保のためにも手放せない。よって事実上の戦争状態に入っている。

東トルキスタン共和国の独立をいちはやく承認したのはインドだった。イランがそれにつづいた。アメリカとロシアは中国の覇権拡大を阻止《そし》するため、戦争の停止を呼びかけている。パキスタンは、おなじイスラム国家としての立場と、長年培《つちか》ってきた中国との友好関係の間で揺れていた。

アフガン戦争から始まった中央アジアの混乱と緊張は、もう十年もつづいている。イスラム過激派の仕業《しわざ》かというママの想像は、だから充分に根拠があった。

「……しかし、火種《ひだね》はウイグルだけじゃないさ」

斎木が低い声でいった。

「中国に支配されて百万人が虐殺されたチベットだって、充分に動機がある」

ウイグルの独立に刺激されたかのように、チベットの独立運動も激しさを増し、ふたたび仮借《かしやく》ない弾圧を受けている。その報復に出た可能性もある。

――仏教では、そのような行為を禁じています。

俊介がようやく取材できたチベット人はいったが、憎悪の極《きわ》みにたっした人間を宗教が抑制できない例は、歴史上数限りなくある。いや、むしろ、宗教が憎悪を増長した例のほうがはるかに多い。

「内モンゴル自治区だって独立運動が始まっている。台湾《タイワン》を吸収するどころの話じゃない」

斎木はママから写真の束を取り返した。

「しかも、異民族の反乱だけが問題なのではない。この中国人の顔に、おれは恐怖を感じたよ。俊介、この表情を文字で表わすとすれば何だ？　反抗、怒り、絶望。そのすべてが入り混じった民衆の顔を、どう表現できる？」

斎木が俊介に渡した写真には、天安門《てんあんもん》広場を埋める膨大な数の群衆の顔がうつっている。WTOの加盟を契機に、小麦、綿花など国際競争力を失った農民は、二千万人が失業したと伝えられている。さらに競争力のない国有企業はつぎつぎと破綻《はたん》し、その不良債権の重みに耐えきれない銀行も外資に敗れた。正確な失業者の数は、たぶん中国政府でもわからないだろう。

「これをみてみろ」

斎木はまた数枚の写真を摘み出した。

「デモを包囲する解放軍の兵士の顔を。ぞっとするほど群衆に似た表情を浮かべているだろうが……。いや、それだけじゃ言い足りないな。自分が何を守るべきか自信を失い、虚《うつ》ろな目で銃を構えている。当然だ。党幹部の汚職は蔓延《まんえん》し、貧富の格差は拡大する一方なんだからな」

斎木は言葉を切って、それから吐きだすようにいった。

「この写真は何かを暗示している。なあ、二・二六事件を起こした青年将校と似たような心境なんじゃないか。たしかに、あのカメラマンは腕がいい。顔だけでなく、人間の頭や内臓まで切り取っているからな」

俊介のインタビューに応じた法輪功の信者は、同志はデモの中のみならず、兵士の中にもたくさんいる、と誇らしげにいった。そして、いまでは信者の数は共産党員を大きく上回っており、軍だけでなく党にも多数入り込んでいる、と付け加えた。

「でも、こっちはまるで別世界よね」ママが広州《こうしゅう》や上海の写真をめくった。「巨大なドームと超高層ビルの組み合わせ、まるでSF映画のようね。人の顔だって底抜けに明るいわ」

「当然だ」と斎木はいった。「中国人ってのは基本的にエゴイストよ。自分が権力や富を得られるなら、他人がどうなろうと知ったことじゃないのさ」

「儒教の国なのに?」

「特権階級は儒教なんか信じちゃいないよ。やつらはマキャベリストだ。他人を支配し搾取《さくしゅ》することしか考えていないさ」

「……サイちゃん、ちょっと極端じゃない? なにも中国人にかぎらないでしょうが」

めずらしくママが反論した。ざっくばらんで鉄火肌《てっかはだ》の姉御《あねご》のような性分だが、大事な客の気に障《さわ》るような台詞《せりふ》は口にしない。まして相手は気難しい斎木である。

「いや、そうじゃない。日本人みたいにお人好《よ》しの間抜けではない。ちょっとおだてられたり、逆に脅《おど》されたりすると、すぐ金や米を差し出すようなヤワな感覚は持ち合わせちゃいないのさ」

ママは水割りをつくりながらいった。

「それにしても、この写真にうつっている光景って、とてもおなじ国のものとは思えないわね」

「これどころではないでしょうよ」

俊介は穏やかにいった。

「チベットやウイグルを撮影できれば、ママはもっと驚いたでしょうね」

それらの高原や都市で繰り広げられている戦闘が、俊介の瞼に浮かぶ。そして弾圧され貧困の極みにあるにちがいない住民の暮らしぶりも……。

「だがな、ママはときどきうまいことをいう」

斎木が褒めた。

「これがおなじ国か、という言葉は使えるな。そうそう、さっきも何かいったな」

「国の中枢が狙われる例外のない時代、でしたね」

と、俊介が応じた。

「うん、それだった」

「あら、わたし、そんな気の利いたこと、いったかしら」

とぼけなさんな、と斎木がいい、ママはちょろりと赤い舌を出して、流し目で俊介をみた。女盛りの色気が微《かす》かに空気を震わせて押し寄せてくる。俊介は一瞬どぎまぎした。

アルバイトのホステスが出勤してきた。それを潮《しお》にママはキッチンに消える。

「わたし、何かいただいていいかしら」

斎木の横にすわったホステスが茶色に染めたセミロングの髪を揺すっていった。ピンクのタイトミニが、細い腰や形のいい脚を強調していて、目のやり場に困るほどだ。とてもハタチそこそこの女子大生にはみえない。

この娘が横にすわるたびに、俊介は加奈子が昔どのような格好をして、どういう具合に客に接していたのだろうかと想像するのが癖になってしまった。そして、きまって胸苦しい気分になるのである。

「勝手に呑めや」

と、斎木はホステスにつれなくいった。

「いじわるねえ、サイちゃんて。ママには優しいのに」

「ユカリにサイちゃんなんて呼ばれたくないな」

斎木は若い娘に興味を示さない。

「だいたいあの広大な国は、漢《かん》民族が一つにまとめるにはムリがあるんだ」

ピンク色の飲み物を啜《すす》るホステスを無視して斎木がいった。

「でも、歴史上、例外があるんじゃありませんか」

「どんな例外だ？」

「絶対的な権力が生まれたとき」

「たとえば？」

「清朝《しん》なんかはどうです？」

「さすがの俊介も誤解しているな」

斎木は嬉しそうに笑った。

「まず第一に清朝は漢民族の国ではない。満洲《まんしゅう》人の皇帝が支配していた帝国だ。第二に、いま問題になっているチベットや東トルキスタン、内モンゴルは、皇帝の同盟種族の住地であって、漢民族なぞは住んでいなかった。つまり清朝の領土であったことはない」

わかったか、という顔をした。部下をやりこめるとき斎木は快感をおぼえる。

「だから、かれらの得意な言い方をすれば、歴史認識がまちがっているんだ。それらの地域が中国の一部で、そこに住むものはみな中国人になるべきだというのは、フィクションにすぎない。……いやいや、ちがうな、そんなことは承知の上で、フィクションを現実のものにすべく、少数民族を絶滅させようとしている。それが、この人権侵害の本質なんだぜ」

斎木の目に炎が燃えていた。

「歴史に照らして考えれば、中国が分裂するのは理の当然というものだ。そして、だれ一人として予想していなかったにもかかわらず、ソ連があっという間に解体したように、中国も解体する。むしろ、いままでよく保《も》ったようなもんだ」

斎木は割り切っていた。

「サイちゃん、いえ斎木さん、なんだかそれを期待しているみたいね」

「ほう、ユカリでもわかるか」

「ふん、いつもバカにして……。こんな格好をしているから、おつむもパーだと思っているんでしょ？」

ユカリは、できるだけ脚を隠そうとでもするように、ミニの裾を引っ張った。

「いや、おれはこれでも、服装で偏見はもたないほうだ。なあ、俊介」

斎木は目でユカリの手の動きを追いながらつづけた。

「エネルギー資源を使いほうだいにし、公害を世界中にまきちらし、なおかつ少数民族を絶滅させようとする国なんかは、適正な規模に分裂すべきなんだ。それが地球神ガイアの意思だ」

斎木は予言者の目をした。

「俊介、記事のタイトルはどうする?」

またしても、ボールを投げてきた。俊介もまた煙草をくわえる。

ドアが開き、二、三度この店で会ったことのある常連が二人、入ってきた。

「まあ、スウさん、いらっしゃい」

ユカリは目を輝かせ、オシボリを渡すべく立ち上がった。俊介の目の高さで、理想型にちかいウエストとヒップが動く。

「『ガイアが中国を分裂させる日』でどうですか」

斎木が反芻《はんすう》した。しばらくして力強く、よし、それでいこう、と決裁した。

仕事が一つ、ほぼ終わったのである。

しかし、俊介の頭は次のテーマに移っていた。エネルギーを使いほうだいにしている、という斎木の言葉がヒントになった。

バミューダ島近海で掃海艇が消失したとき、葛西の話を聞いてみたいと思った。そして、いままた、葛西に会いたいという気持ちが湧いてきた。

――しかし、いったい、あいつはどこで何をやっているのだろうか?

根津の路地裏にある家の縁側で酒でも酌《く》み交わせれば、どんなに満ち足りた気分になれるだろうかと俊介は思った。

第三章　拉致《らち》

一

俊介が斎木と銀座のバーで呑んでいるころ、葛西雄造《ゆうぞう》はナイジェリア第一の都市ラゴスで気を揉《も》んでいた。

こちらに来て、もうすぐ一ヵ月。出張予定の半分が過ぎようとしていた。

葛西の任務は、天然ガス採掘のためのＦＰＳＯ、直訳すれば「浮体式生産貯蔵積み出し設備」、一般には「半潜水型掘削《くっさく》リグ」と呼ばれている海上プラットホームに関するプロジェクト・マネジメントだ。

今後、五年の歳月と総額六億ドルを注ぎ込む遠大な計画である。ＦＰＳＯを操業可能な状態にして、無事に石油メジャーに引き渡さなければ全ては始まらず、したがって、葛西は日本に帰れない。

全体のスケジュールを立て、それを遂行《すいこう》するのに必要なヒト、モノ、カネを手配する。そのためには、毎日ひっきりなしに電話をかけ、ファックスやメールを打たねばならない。だが、回線はしばしば切断される。修復名目のカネを要求するやつらの仕《し》業《わざ》だ。

炎天下を、空港や税関や輸送会社に出向くのも日課だ。冷房のない空港で、何時間もヒトやモノの到着を待つのである。

——そんなことは、ローカルスタッフや現地の業者にまかせればいいではないか。と、事情を知らない本社の幹部は脳天気にいう。しかし、ここでは、他人を信じるのはタブーだ。

たとえば、現地人に「いますぐに (right now)」と指示しても、それは五秒から二、三時間という、とてつもない幅がある。まちがえて「soon」とでもいおうものなら、まあざっと二、三日後のことである。そして、それは彼らが指示を忘れるのに充分な時間だ。

この一ヵ月の間、休日は皆無《かいむ》だった。だが、苦痛なのはそれだけではない。もしかりに休みがあったとしても、行く場所がないのである。スーパーで、ちょっとした買物をするぐらいだ。

二度、運転手の案内で、海に行ったことがある。

葛西はラグビーのような激しいスポーツを好んだため、散歩を楽しむなどという悠《ゆう》長《ちょう》な習慣は持ち合わせていなかったが、気儘《きまま》に歩けない閉塞《へいそく》感のなかで生活していると、ただ単に浜辺を歩く行為が気晴らしになるのだと一大発見をした。

ビーチでは、なぜか馬が走っていた。そして、現地人の親子が波打ち際で遊んでいた。もちろん白人の姿はない。葛西の姿をみつけると、すぐに物売りの子供たちが駆け寄ってきた。葛西はまだ幼い息子と娘を思い出し、それからは海に出かける気にならない。

気を揉んでいたのは、ラゴスから五百キロメートルほど離れたエスクラボス河岸一帯の治安が悪化していたからである。

数日前、その中心都市ワリから二十数キロ離れている、商売相手の石油メジャー精製基地がエスクラボス人に襲われ、百名以上が人質となった。

その余波はワリ市内にも及び、小規模な暴動が起きていた。散発的な銃撃戦があり、首のない、腹を裂《さ》かれた死体が幾《いく》つか、道端に転がっているという。アフリカではさして珍しくもない部族対立だが、日に日に激しさを増している。

「こんな貧しい国の内部で、なぜ殺し合いをしなければならないんですかね。経済の立て直し、教育の普及、エイズの撲滅《ぼくめつ》など、他にやるべきことが、いくらでもあるでしょうに」

葛西が嘆《なげ》くと、もう慣れっこになっている扶桑《ふそう》トレーディング・ラゴス所長の中村《なかむら》に諭《さと》された。

「貧しいからこそ、わずかな富や物を求めて争うんだよ。だいいち人間の数が増えすぎてるんだ。人口を抑制しないかぎり何も解決しないね。世界中の発展途上国は、みなそうじゃないか」

「しかし、こんなことを繰り返していたって、事態の改善にはなりませんよ」

へえ、と中村は驚いたふりをし、皮肉な笑みを浮かべた。

「きみが理想主義者だとは知らなかったな」

「いいえ、ちがいますよ」葛西は反発した。「きわめて現実的なだけです」

「だがね、こんな国に長くいると、人類ってやつは滅びの日まで殺し合いをつづけるとしか思えなくなるね」

まるでサッカーの試合の結果でも予想するような口振りだった。

「とにかく、一段落するまで、ここで様子をみていたほうがいいんじゃないか」

普段はどことなく投げやりな中村だが、真剣なまなざしで制止する。

「くどいようだが考え直したほうがいい。自分の身の安全を最優先に考える。それがこんな地の果てに送り込まれた社員の鉄則だぜ」

それでも忠告に従おうとせず、投宿先にしている所長宅でキャリアバッグに衣類を詰めつづける葛西に、中村はうんざりした顔で訊いた。

「何のために行くんだ？」

「ワリにクレーン作業船があるからですよ。そいつを何としてもエスクラボス川を下らせて、ＦＰＳＯの待っている沖合に出す。でないと作業が進まないんですよ」

「そんなことはわかっているさ、ひと月もいっしょに暮らしているんだからな。だが、できるものはできる、できないものはできない。ナイジェリアとは、そういう国なんだ。精神主義は通用しないぞ」

「これ以上、予定が遅れるのには耐えられませんよ」

「そんなことをいったって、ＦＰＳＯの受け入れ先の石油メジャーもあんな具合に混乱しているだろうが」

「相手はともかく、こっちは自分の仕事をきちんとやるだけですよ。……でも、あの人質はどうなるんですかね」

「簡単だ。メジャーは金で解決する。時間の問題だろうな」

そうだろうか、と葛西は不安だ。いつまでも金だけですむのだろうか。

「きみをみていると」中村が溜《た》め息をついた。「まるで昔の企業戦士のようだな。そんなのは二、三十年も前に死に絶えたとばかり思っていたが……」

「ちがいますよ」葛西はまたも反論した。「ぼくは、やりたいことをやるだけです。べつに会社のためじゃない」

中村は首を振った。

「企業戦士も、きっとおなじことをいっただろうな」

ただし、ラゴス所長宅を出たのは、ほんの少し予定より遅れた。ナイジェリア人の運転手はひどい英語で遅刻した理由——家庭の事情か何か——を、しきりに所長に弁明していた。

もちろん所長の中村は、それを真《ま》に受けたりするほど無知でも純情でもない。この国では、嘘をつくのは悪ではないことを熟知していた。とくに白人や黄色人種に対しては……。だが中村は、わかった、もういい、それよりすぐに空港へ行け、とまるでハエでも追い払うように手を振った。そして、葛西にこの日三度目の忠告をした。けっしてムリをするな、と。

ふだんなら、この程度の遅延を葛西は気にかけなかっただろう。

——ナイジェリアでは予定通りものごとが進むわけがない。

深い諦《あきら》めが、澱《おり》のように葛西のからだの底にたまっている。

実際、そのように腹をくくらなければ、やっていられない土地である。さもなければ二、三日もしないうちに、神経と胃をやられてしまう。

ただでさえ、朝七時に起きてから、夜の十二時に寝酒をひっかけてベッドに横になるまで、働きづめに働く毎日なのである。長く住めば住むほど、からだの自己防衛機能が自然に働いてくるというものだ。

空港まであと四、五キロという地点で、車は渋滞に巻き込まれ、葛西は焦り出した。

「間に合わないかもしれないいな」

運転手は平然という。

——冗談じゃない。走るか。

と思ったが、機内持ち込み用の二十キロのバッグを抱えていては、走り通せる自信がない。

「オカダに乗りますか」

運転手の目が挑発している。

——どうせ、そんな度胸はないだろう？

と、嘲笑している。

「よし、乗る」

そういうと、運転手がまじまじと葛西の顔をみた。

オカダとは日本語ではない。ナイジェリアの内陸部に、そういう名の街があり、その出身者がオカダ・エアーという航空会社をつくった。ローカル線だが大成功し、ナイジェリアの空をその所有機が自在に飛んでいる。その縦横無尽に飛ぶさまから転じてオカダはラゴスの街中を走る白タクならぬ白バイクの呼称となった。かつてはホンダかヤマハの中古が圧倒的に多かったが、いまは中国製が増えている。

運転手がドアを開けた。

葛西は外に出た。

「Hey! OKADA!」

と、手を上げる。

一台のヤマハがとまった。

バッグを運転手の脚《あし》の間に押し込み、葛西は荷台に跨《また》がって運転手の腰を抱く。きつい体臭が鼻をつく。大至急空港へ行け、と命じた。

この国のほとんどの道路には、中央分離帯はおろかセンターラインすらない。舗装もされておらず、あちこちに大小さまざまな穴がある。

オカダは迫りくる対向車を三十センチ間隔でかわし、土埃《つちぼこり》の舞うデコボコ道を縫《ぬ》うように走った。振動がからだを揺すり、心臓の鼓動が高まる。

——こんなところで死んでたまるか。

と、葛西は運転手にしがみつく。

数年前、ここから千何百キロか西で、やはり商社に勤める男が道路の穴にタイヤを突っ込み、同乗していた家族もろとも死亡した。他人事《ひとごと》ではないのである。その記憶がよぎり、子供の顔がちらついた。

だが、まだ二十代の運転手は、顔に汗一つ浮かべていない。

——そういえば、この国の住民が汗をかいたところをみたことがないな。

と、葛西はヘンなことを思った。

それにしても、口笛でも吹きそうな、この憎たらしい顔はなんだ?
七、八分後、葛西はふらつく足取りで、タラップをのぼった。
十八人乗り双発機は奇妙な構造になっている。座席は二列。進行方向に向かって左が一人席、右が二人席という非民主的なつくりだ。もちろん皆われ先にと一人用の席を目指す。葛西のように遅れれば、もちろん一人席は空いていない。

「Excuse me」

声をかけて、ナイジェリア婦人の横にかろうじて腰を下ろした。たぶん石油関係の組織に勤める人の奥さんなのだろう。栄養が行き届き、でっぷりと太っている。さっきのオカダの運転手と同じ体臭と、それからきつい香水の匂いに包み込まれた。

葛西はこの飛行機のもう一つの特徴を思い出した。トイレがないのである。尿意が起きないようにと葛西は祈った。

しかし、もっと祈るべきことがあった。

暴動の起きているワリからエスクラボス川を六十キロ下れば海岸線に達し、その四十キロ沖合には、肝心のFPSOが浮いている。百メートル四方ほどのプラットフォームの上に、小型の東京タワーのような掘削デリックを乗せて……。

その沖合工事をするため、大型作業船がワリを出発しようとしているのである。もし、それが遅れればスケジュールは大幅に狂い、余分な出費がかさむ。葛西の帰国もさらに延びるというものだ。

——暴動なんか起きないでくれ。

葛西は祈りながら、離陸して右に傾いた機体の窓から、赤茶けた大地を眺めた。

――おれは、いったい何のために、こんなことをやっているんだろう？

葛西は飛行中ずっと考えていた。

会社のためではない、と中村にいったのは嘘ではない。だいいち暴動に巻き込まれて死んでしまえば、会社は表面上は称賛してくれても、内心では何という無謀な社員かと迷惑がるにちがいない。遺族に払わなければならない補償だって負担になるというものだ。

――しかし、いまここで逃げれば、一生後悔する。

そんな思いが胸に沈殿していた。

昔の失敗を繰り返すのは嫌だった。

あのバブル期、父親が銀行やゼネコンの口車に乗せられて金物屋を営んでいた土地にビルを建てようとしたとき、なぜ止めなかったのか。

父が家族のためにビルを建てようとした意図は透《す》けてみえていた。それゆえ、まだ高校生だった葛西の意見を尊重しようとしていたのもわかっていた。相談を持ちかけた上杉俊介がやんわりと反対するのをもっともだと思いつつも、軽率《けいそつ》にも欲に負けた自分が情けなかった。

——おれが父を自殺に追い込んだのではないか。

葛西はそんなトラウマを二十年ばかり引きずっている。俊介にそんな胸の内を打ち明けたことはなかったし、俊介もまたそれに触れようとはしなかったのだが……。

——後々《のちのち》、悔いないように生きるしか、方法がないではないか。

自分を支える信条を葛西は他に見出《みいだ》せなかった。中村のいう企業戦士の論理や心情などではない。

二

ワリ空港には、夕方定刻に着いた。

降りる支度をしているとき、どういう訳か、隣り合ったナイジェリア婦人が握手を求めてきた。

「グッドラック」

分厚い唇から野太い声が漏《も》れた。瞳が何ともいえない深い色だった。

空港を出るとき、妙な連想に囚《とら》われた。

──まるで戦場に弟を送り出す姉のようだったな。

だがすぐに、いや、おおげさすぎるな、と少し照れた。

ワリ市内は、あちこちで武器を構える兵士をみかけたものの、想像していたよりも平穏だった。そして、大型クレーン作業船が係留されているエスクラボス川までの行程も無事であった。

もう何の感動もおぼえないが、いやに大きな夕陽がどんよりとした川面《かわも》を黄金色に染め、はるか西の大西洋のあたりに沈もうとしているのをみたときは、さすがにホッとした。

さっそく船に乗り込み、ＦＰＳＯに積み込む貨物の荷役作業を目で追う。

「……ヘイ、ユウゾウ」

ドイツ人船長のボーデウィヒが大股で歩み寄ってくる。

引き締まった体つきのため、そんなに大きくはみえないが、二メートルちかい上背《うわぜい》がある。葛西とほぼ同年齢だ。

平素、ほとんど表情を変えない男である。だがまれに微笑《ほほえ》むと、まるで濁った川の底でちらりと姿をみせる小魚《こざかな》のように、日に焼けた顔に一瞬の爽快さが走る。

「なぜ、ここに来たのか」

葛西を見下ろす青い瞳に、中村とおなじ表情が浮かんでいた。

「居ても立ってもいられなかったからさ」

実際に乗り込んでみると、沖合のFPSOやこの作業船に強い執着を抱いているのに改めて気づく。これらの現場で何度朝を迎えただろうか。

だが、ボーデウィヒは険《けわ》しい顔でいった。

「ユウゾウはまだ、この国での仕事のやり方を理解してないな」

「いま危険な状態だってことくらいはわかっているさ。だから、用意できたら、すぐ川を下ろう」

「いわれるまでもない」彼は無愛想に答えた。「でもな、矛盾《むじゅん》するようなことをいうが、この国ではこんなのは日常茶飯事だ。ここにやって来た勇気には感服するが、かといって過度に恐れていてはダメだ。恐怖は判断を狂わせる」

葛西は自信に満ちているボーデウィヒが好きだが、ときに説教調になるのは鼻につく。

船に乗り込むのは、白人三十人とナイジェリア人七十人ほどである。荷役をするナイジェリア人の動作は緩慢《かんまん》だ。目を離すとすぐに手を抜き、日本人の三倍は時間がかかる。イライラしていてはキリがない。まして恐怖にかられてスピードアップを命じようものなら、いたずらに混乱するだけだ。

気の遠くなるような時間がすぎて、やっとタグボートが曳航《えいこう》をはじめた。クレーン作業船はスクリューがないため自力では航行できず、タグボートに曳《ひ》いてもらうほかない。

デッキに立っていると、船が動いた分だけ風が生じ、泥くさい臭いが薄まったように感じられた。まばらな熱帯雨林が黒い影になり、白い三日月がその上にあった。

ボーデウィヒは、船員たちで混みあう食堂を避けて、葛西を自室に招いた。照り焼きチキンを食いながらビールを飲む。

「ユウゾウ、ビールはドイツが世界一だな。ベルギーが一番だというやつがいるが、ドイツには遠く及ばない。ナイジェリアビールを呑むたびに、おれは哀《かな》しくて国に帰りたくなるよ」

「まったくだ。こいつを日本のコマーシャルでやるとすれば、コクもなければキレもない、ナイジェリアビールをどうぞってとこかな」

「だれがそんなものを買うもんか」

ボーデウィヒは生真面目で、冗談を解さないところがあった。

「でも、日本のビールはナイジェリアのに似てるんだろうな？」

「なぜ、そう思う?」

「だって、ユウゾウは旨そうに呑むじゃないか」

こんどは葛西が物哀しくなった。他人からみれば旨そうに飲んでいたのだった。人はたいがいのものに慣れる。こんなビールにさえもだ。ナイジェリアに滞在した時間の長さを思った。

「ビールだけじゃない」

ボーデウィヒは二本目を開けて葛西に手渡した。

「本当にここは最悪だ。この国でやっていければ、他のどんなところにでも住める。これ以下は戦場か地獄しかないからな」

「じゃあ、なぜここに来たんだ?」

彼は、変な質問をするんだな、という顔をした。

「エリートコースだからさ。わかりきっているだろうが」

「…………」

「会社は幹部候補生をここに派遣して、その能力を判断するんだ。この試練に耐えられれば、どこでもやっていけるからな」

机の引き出しから会社のパンフレットを取り出した。役員がずらりと並ぶ写真が載っているページを開く。

「おれは何としてもこの試練にパスする。そうすれば来年か再来年には、ほれ、この末席におれが載るんだ。もう三十七だ。役員になっても早くはない」

うんざりするほど日本の大会社とちがっている。

世界中で最も過酷な土地に優秀な独身者を送り込み、常時百人を超える部下――それも大半が現地人だ――を監督させる。そして、そこで成功すれば、どんなに若くても抜擢《ばってき》する。世界でも有数の沖合工事業者の役員に三十代でなれるのである。

「国に戻って役員になったら、おれは結婚する。とびっきりグラマーな美人を探すんだ。いやいや、ちがうな、何よりも子供をたくさん産んで、家庭をしっかり守り、おれが一層仕事に集中できるような女を選ぶ。そしてトップに登り詰めるんだ。その夢があればこそ何ごとにも耐えられる」

「羨《うらや》ましいな」

「何だって?」青い目を見開いた。「ユウゾウにだって夢はあるんだろうが」

「いや、あまりない」

「冗談だろう?　きみのように仕事熱心で有能な男に夢のないはずがない」

――日本人が夢を求めなくなってから、どれほどの時間が流れただろう?

葛西はまずいビールを喉《のど》に流し込んだ。

少なく見積もっても、二十世紀の最後の十年あたりから、そんな状態がつづいている。ほぼ二十年間だ。それは葛西が父親を失ったあとの歳月に重なる。母親や妹を養うために、懸命に働いてきた。少なからざる同世代の者がフリーターなどをやって気《き》儘《まま》に暮らしてきたのとはちがい、努力してきたという自負はある。だが、船長の強烈な上昇志向には遠く及ばない。

「夢というほどではないけれどな」葛西は自分を慰《なぐさ》めるようにいった。「日本人が穏やかで平和に暮らせればいいと思うよ」

「どういうことだ？」

「経済大国に戻りたいなんて夢ではない。そうだな、たとえばエネルギーや食糧をあまり他国に依存しないですむ状態になればベストかな」

「ほう、政治家になりたいのか」

ボーデウィヒの目に敬意が浮かんだ。

「いや、ちがうよ」葛西は苦笑した。「大それたことは考えていない。ずっとビジネスの世界にとどまるよ。……でも、こんな仕事をやっているからだろうな、そんな問題に関心を持つようになったのは」

「立派だ。ユウゾウはおれとちがってエゴイストじゃないんだな、国民のことを真剣に考えている」

「いや、それとはちょっとちがうな」

薄暗い照明がボーデウィヒの彫りの深い顔に当たり、陰影を際立《きわだ》たせている。しばらくしてから、彼は囁《ささや》くようにいった。

「夢なんてものは、エゴイストにだけ許されることかもしれないな」

「けっこうじゃないか」と葛西はいった。「エゴイストだろうと何だろうと、夢を追いかける人間が世の中を変革するんだろうから」

「そうか。そういうものかな」

ボーデウィヒは再び思索《しさく》的な顔をした。

このクレーン作業船が装置の備えつけなどの工事を終え、ＦＰＳＯが使用可能になれば石油メジャーに引き渡す。それで葛西の仕事は終わる。メジャーは何年にもわたって海底の天然ガスを採取し、その一部は日本にも搬送される。深刻なエネルギー不足に苦悶《くもん》している国の役に立つ。ほんの少しではあるが……。

「このプロジェクトがすんだら、次は何をやるんだ？」

ビールを一口呑んでから、ボーデウィヒが訊いた。

「いま並行してやっていることがあるんだ。そっちに専念する」

「どんな仕事だ？」

「メタンハイドレートっていうんだ」

ボーデウィヒが、一瞬、体を強張《こわば》らせた。

「……まさか、それを掘るんじゃないだろうな」

目が、正気か、と訊いている。

「掘るよ」

「どこで？」

「日本近海の南海トラフ」

「わからない」

「九州東方から四国の南をとおって東海沖に達する海溝だ」

「千メートルを超える深海の、そのまた下じゃないのか」

「そうだよ」

「あれは悪魔の物質だぞ」ボーデウィヒは忌まわしそうにいった。「燃料なんかには利用できない。絶対に手をつけるな」

葛西は穏やかに反論した。

「日本のエネルギー問題は深刻なんだぜ」

石油生産量は世界レベルで減産に転じていた。一方、中国や開発途上国といわれた国々の需要はうなぎのぼりだ。原油価格は当然のことながら高騰《こうとう》しつづけている。

もうひとつ厄介なのは、石油生産量の五十パーセント以上を、イラン、イラク、サウジアラビア、クウェート、アラブ首長国連邦のペルシャ湾岸五ヵ国が占めていることで、これらの国々の政治的発言力は史上例をみないほどに強まっている。

アメリカが太平洋から——当然、横須賀《よこすか》などからも——艦隊を引っこ抜き、アラビア海に常駐させているのは、この地域で行なわれている地上戦支援のせいだけではない。まして、いつ果てるともしれない戦争をつづけているイスラエルのためでもない。

石油の確保が背景にある。二十年近くも前の湾岸戦争を機にサウジアラビアに軍隊を駐留させたのも、この石油不足を見越しての国家戦略があったからだ。

「エネルギー不足は何も日本だけの問題じゃないんだぞ」とボーデウィヒが諌《いさ》めるようにいった。「わがドイツだって自給率は四十パーセントを切っている」

「日本はその半分の二十パーセントだ。おまけに石油の中東への依存度は八十パーセントだ。ドイツは低いだろう？」

「ああ、十パーセント台だよ」

「だから日本はもっとも中東の影響を受けるんだ」

ボーデウィヒは首を振った。愚かな選択だ、といっている。

「それにしたってメタンハイドレートとはな。信じられない」

彼はビールを口に運んだ。ビンが空になっているのに気づかなかった。

「ノルウェー沖の海底で何があったか知ってるか」

少しばかり鼻につく口調でいった。

「いや。ほとんど知らない」

「五千立方キロメートルもの海底堆積物《たいせき》が八百キロメートルも移動しているんだ。それが破壊的な津波を起こして、ノルウェー沿海部を飲み込んだ。そして、その原因として、ハイドレートの融解が考えられている」

「大昔の出来事だろう？　しかも仮説の域を出ていないはずだ」

「たしかに八千年も前の出来事だ。しかし、おれはそんなリスクのある仕事はやりたくないね。たとえ今すぐ役員にしてやるといわれたって」

「…………」

「ユウゾウ、よく考えたほうがいいぞ」

そして、気を取り直すように普段の顔をつくった。

「いまここでハイドレートの話をしている余裕はないな。まずは、この船を沖合に持って行くのが最優先だ。後日、じっくりやろう。プロの意見は聞いておくもんだ」

「さすがに冷静だな」

ボーデウィヒはふっと微笑を浮かべた。顔を小魚が舞った。

「そうだ。冷静でなければこんな国では生きていけない」

「そして役員になる資格もない」

「そういうことだ。なあ、おれのベッドで仮眠しておいたらいい。やる仕事はないはずだからな」

葛西はほんの少しだけ眠るつもりであった。

しかし、ベッドに横たわると、わずかしか呑まなかったビールが利いていて、一日の緊張感が溶けてきた。ラゴスでオカダなどという珍妙なものに乗って冷や汗をかいたり、小さな双発機でナイジェリア婦人の巨大な尻に圧迫されて、半身を宙に浮かせて足をふんばったりした疲労も出てきたのだろう、川面を滑る船の静かな揺れに身をゆだねていると、心地よい睡魔《すいま》がたちどころに襲ってきた。

家族の夢をみた。

可愛い盛りの三歳の娘が、葛西をみつけると遠くから走り寄ってくる。抱き上げて頬をこすりつけると、伸び放題にした髭《ひげ》が柔らかい肌を刺激するのか、キャッキャッと声をあげ腕の中で身悶《みもだ》えする。

少し離れたところから、幼児《おさなご》を抱いた妻が二人の様子を眺めている。妻の顔をみようと凝視する。だが、どういうわけか、その顔はのっぺらぼうだ。生まれて間もない幼児もまた、目も鼻も口も備わっていない。驚愕《きょうがく》してそばへ行き、妻の体を激しく揺する。おい、いったい、どうなっているんだ、と問い詰める。

妻の手が葛西の肩に置かれた。意外な強さだった。そして、ユウゾウ、ユウゾウと、男のような声を出した。

目を開ける。と、ボーデウィヒの大きな手が両肩を摑《つか》んでいた。恐怖心に引きつった顔が目の前にあった。

「どうした?」

「襲撃された。ふいを衝《つ》かれたんだ」

葛西は跳ね起き、船長室の丸い窓から外をみた。船は停止しているようだ。

「エスクラボス人に襲われたんだ」

ボーデウィヒが背中にいった。

暗闇の中で四、五艘の小型ボートが船を囲んでいる。手に棒状のものを持つ人影がみえた。

この船を曳航していたタグボートは姿もみえない。ロープを切断されたのか、推進力を失った船は不自然な格好で浅瀬に乗り上げていた。

船長室のドアを開けると甲板上の騒乱が耳に入ってきた。暴徒が乗り込んできたと推測がつく。

「ガードマンを雇《やと》っていたんじゃなかったか」

「もちろんだ」とボーデウィヒが答えた。「水上警察から八人。しかも銃を保持したやつを」

「それでも阻止《そし》できないのか」

「賊は百人を超えるようだ。二十艘ほどのボートで乗り込んできた」

「銃を使えば怯《ひる》むだろうが？」

「やつらも銃を持っている。多勢に無勢だ。反撃すれば惨殺されるのは目にみえている。首を落とされ、腹を裂かれる。それが怖いから抵抗しない」

「なんのためのガードマンなんだ？」

ボーデウィヒは、わかっていないな、という顔をした。

「それがナイジェリアという国だ。白人と黒人が争うとき、黒人は部族や言語、そして宗教のちがいを乗り越える。ひごろの対立も易々《やすやす》と忘れることができるんだ。植民地時代から刻み込まれた記憶だな」

騒ぎが大きくなる。乗組員は無線室などに押し込まれているようだ。船長室に四、五人の男が乱入してくるまで五分とかからない。

顔に赤や青のペイントをしていた。全員が半裸だった。一人だけ銃を構えていたが、あとはパイプやハンマーを振りかざしている。

大口を開けてわめいた。出ろ、といっている。

目が狂っていた。怒っているようでもあり、楽しそうでもある。たぶん麻薬と酒に漬《つ》かっている。

「逆《さか》らえない」

ボーデウィヒが首を横にふった。

銃を持った男が葛西に怒鳴った。

言葉はわからない。だが、おまえも出ろ、といっているのが、銃の動きでわかった。

「ノー！」ボーデウィヒは抵抗した。「これは客だ。白人でないのは、みればわかるだろう？」

ボーデウィヒは指で自分と葛西の顔の色のちがいを示した。

痩《や》せた男が醜《みにく》く笑う。ハンマーを振り上げ、彼の肩を打った。鎖骨の折れる鈍い音がした。

銃を持った男も嘲笑した。騙されないぞ、と怒鳴ったようだ。

「この船長室にいる以上、おまえも幹部だ」

そういわんばかりに、ボーデウィヒの真似をして、彼と葛西の顔を指差した。

「たとえ黄色い顔をしていても、おれたちは騙されない」

と、叫んでいる。

ボーデウィヒは涙の滲《にじ》んだ目で、すまない、といった。葛西をこの部屋にとどめたことを後悔していた。

「気にするな」と葛西はいった。「あんたのせいじゃない」

十人の白人と葛西が下船させられた。ボートに乗せられて二十分あまり川をさかのぼった。船長は肩に手をやって痛みを押し殺していた。天空に黄色になった三日月があった。

樹木を組み合わせた粗末な船着場でボートから降ろされ、しばらく歩かされた。こんもりとした林の向こうに小さな村があった。広場で赤々と篝火《かがりび》が燃えていた。

葛西たちが入って行くと、村のあちこちから喚声《かんせい》があがった。

座れ！　という声とともに、広場の焚《た》き火の前に葛西たちは投げ出された。それを取り囲むように、無数の人影が輪をつくる。目が慣れてくると、酒や料理、それに太鼓などが運ばれてくるのがわかる。

「こいつら、何を始める気だ？」

と、葛西は訊いた。

「祭りだろうな」

苦痛に耐えながらボーデウィヒがいった。

「何の祭りだ？」

「じきにわかるさ」

痛むか、と葛西が訊くと、彼はうなずき、これで済めば幸運だ、と答えた。

目の前に羊が運ばれてきた。気の毒なくらいに痩せている。

ボーデウィヒを痛めつけた男が羊の頭を押さえ、いつの間にか手にしたナイフで首をえぐった。声をあげる間もなく、あっけなく羊は倒れた。広場に歓声があがる。

手際よく皮を剝がれた羊は、丸ごと焼かれた。肉の焼けるいやな臭いが漂《ただよ》った。

ボーデウィヒが二人の半裸の男に腕を取られて立たされた。生け贄《にえ》の羊を始末した男が首にナイフを突き付ける。次はおまえの番だ、と囁いた。

また、どっと喚声があがる。

男はナイフを天にかざした。

やれ！　と群衆が叫んだ。

激しいビートで太鼓が鳴った。酒の入った杯《さかずき》を上げる老人がいる。手を打って喜ぶ女もいた。

男はナイフでボーデウィヒの首筋をなぞった。彼はエビのように背を反《そ》らす。

太鼓の音に乗って、やれ！　やれ！　という怒号があがる。

男はナイフを首から離し、グルグルと手を回した。英雄のように天を突く動作を二度、三度繰り返す。群衆が立ち上がった。腰を振りながら、男にならって拳《こぶし》を振り上げる。

男はまたもやナイフをボーデウィヒの首筋に当てた。

やれ！　早くやれ！

ボーデウィヒは身悶《みもだ》えする。びっしょりと濡れた股間が篝火に照らされる。

「やめろ！」

葛西は後ろ手に縛《しば》られたまま、飛び出した。

「やめろ！　やめてくれ！」

ナイフを手にした男が、不思議そうな目をして葛西の顔をのぞきこんだ。愉快そうに笑い、ナイフを突きつけてきた。

おまえが先にやられたいか？　と訊いた。

反射的に身を引いた。ナイフが伸びてくる。だれかが葛西の両腕を押さえた。ナイフが首に来た。刺される、と思った。

そのときだった。後頭部に衝撃を受け、葛西は意識を失った。

湿り気を感じて、意識を取り戻した。

土の上だった。後手で縛られていた。転がったまま目を凝《こ》らすと、掘っ立て小屋のなかである。後頭部がズキズキと痛み、口が粘《ねば》ついた。

折り重なるように、白人の男たちがいた。低い呻《うめ》き声が漏れていた。

ボーデウィヒの名を呼んでみた。

返事はない。

ナイフで刺され、焼かれたか、と思った。どす黒い感情が胸に突き上げてきた。かつてない激しさで、ナイジェリアという国を、そして、その民を憎悪していた。

「……船長は、ここにいるぞ」

という声が投げられてきた。

その方向によろめいて行く。

ボーデウィヒはぐったりと横たわっていた。

「大丈夫か？」

とてつもない愚問だった。何の反応も示さない。

「やつら、散々、いたぶった」と横の男がいった。「でも、刺しはしなかった。生きている」

「大事な人質だからな」と、べつの男が吐き捨てるようにいった。「それより、ユウゾウ、あんたのほうはどうなんだ？」

「頭の中で鐘が鳴っている」

弱々しいボーデウィヒの声が闇の中を漏れてきた。

「すまない、ほんとうにすまない」

「気にするな。仲間じゃないか」

祭りは、しかし、それで済んだわけではなかった。翌日の晩も繰り返されたのである。

葛西は広場に引き擦《ず》りだされなかった。汗や糞尿や吐瀉《としゃ》物の臭いの籠《こも》った小屋の中で、広場のほうから聞こえてくる歓声や怒号《どごう》、そして悲鳴や絶叫をたっぷりと聞かされた。

よく考えた拷問《ごうもん》だった。みえないだけに頭の中を最悪の想像が駆け巡る。体が震え、正気を失いそうになる。

まれに冷静になれる瞬間が訪れると、

――日本に帰りたい。

と、身を焦《こ》がすように思った。子供たちに頬擦りをしたい。柔らかなベッドで妻を抱きたい。こんな地の果てにエネルギー資源を求めにくるのはまちがいだ。さっさとおさらばして、ハイドレートの仕事に本腰を入れよう。

三日目。

もう一晩この拷問がつづけば、まちがいなく発狂すると葛西は思った。自分でなくとも、このうちの何人かは……。もちろん殺されなければの話だが……。

昼過ぎ、突然、全員が小屋から引き出された。ジャングルの中を、まるで獣のように、木の枝で体を打たれながら歩かされた。もうこれ以上進めないと思ったときに川に出た。

溺死《できし》させる気だ。体に震えがきた。

大きなボートが係留されていた。白人が乗っている！　人質たちは声にならぬ声をあげた。


ワリの町から葛西たちは飛行機でラゴスに搬送された。

毛布で体を包まれ、熱いスープを飲まされた。眠った者もいたが、悪夢にうなされて悲鳴を上げた。

翌々日、ラゴスの病院で所長の中村からボーデウィヒの会社が億単位の身代金を払ったと聞かされた。天然ガス採掘の工事によって、地元エスクラボスの漁民が被《こうむ》った損害を補塡《ほてん》するというのがその名目だという。

――何が漁民だ！

海賊じゃないか、と思ったが、言葉にしても空《むな》しいだけだった。

見舞いにやってきたボーデウィヒの会社の幹部に葛西は尋ねた。

「彼の容体はどうです？」

「鎖骨が折れていましたね」

「それはわかっていますよ。精神のほうです」

「あなたのほうこそ、どうなんです？　身を挺《てい》して助けようとしてくれたとか」

「頭痛は取れました。脳にも異常はなさそうです」

「それはよかった」

「で、彼は？」

幹部はちょっと言い淀《よど》んだ。

「休養が必要ですね。ドイツに戻します」

悪い想像が浮かび、葛西は早口でいった。

「とても優秀な人ですよ。私がこれまで会っただれよりも優秀だった」

「ありがとう。いい仲間だったんですね」

「どこでもやっていける人です。治ればちゃんと処遇してくれますよね」

幹部は、しかし、口を噤《つぐ》み、曖昧《あいまい》な笑みを浮かべるだけだった。

数日後、ボーデウィヒが車椅子で飛行機に運ばれるのを、葛西はラゴス空港で見送った。飛行機が空の彼方《かなた》に消え去ってしばらくしてから、葛西はぼんやりと思った。

――ボーデウィヒは役員に登用されるだろうか？

三

年末の押し迫った日、俊介は品川《しながわ》に出かけた。

ひと月前新聞社の知人の紹介で、メタンハイドレートにくわしいと見当をつけた科学雑誌に取材を申し込んだところ、こんな日を指定してきたのだった。同業者に教えてやるのが嫌なのか、電話口の声はぶっきらぼうで、面談も一時間と限定された。紹介がなければ、きっと断られたことだろう。

品川駅の港南口《こうなんぐち》を出ると、抜けるような青空に三、四十階の高層ビルが三十棟ばかり林立している。大半がオフィスビルだが住宅棟もある。

俊介が学生時代のころは倉庫の他に食肉市場しかなかった場所で、ほとんど用がなかった。それが新幹線の品川駅開設を機に景観を一変させたのである。

もともと羽田《はねだ》空港にちかく、東京モノレールの天王洲《てんのうず》アイル駅もある。それに加えて新幹線である。空と陸の交通の便のよさが企業と人を呼んだ。いまやオフィス人口が六万人を超えるビジネス拠点に変貌した。景気がよくなれば、丸の内《まるのうち》の十二万人に迫るだろうという予測もある。都心に比べれば三割ほど安い賃料も、人気が出た理由だ。

それにともなって、駅前広場を囲む四、五階建てのビルには、ありとあらゆる飲食店が看板を掲《かか》げている。外食チェーンの主《おも》だったところは、みな進出してきているらしい。

かつて東北新幹線が開業したとき、上野《うえの》が東京の北の玄関口として脚光を浴びたが長続きしなかった。新幹線が東京まで乗り入れるようになったのも原因の一つだが、なまじ歴史のある街であったのが災いした。その点、何もなかった品川は、思う存分再開発できたのだ。

科学雑誌の出版社は、三十二階建てのビルの二十四階にあった。シティホテルを連想させる、静かで広い廊下を歩き、無人の受付のインターフォンで編集者の篠原《しのはら》を呼び出した。

篠原は四十すぎの小太りの男だった。ゴルフでもやっているのか、ほどよく日に焼けていた。爬虫類《はちゅう》に似た目で、頭のてっぺんから足の爪先《つまさき》まで俊介を観察する。

「お忙しいところ、申し訳ありません」

俊介があいさつすると、ああ、いや、と顔の筋肉をぎこちなく動かした。ひとづきあいの苦手な人間のようである。

通された編集部は閑散としていた。窓側の応接用のブースからは、ビルの合間に京《けい》浜《ひん》運河と東京湾が午後の陽を浴びて光っている。

「すばらしい眺めですね」

お世辞《せじ》ではなくいったのだが、篠原はつまらなそうな顔をした。

「なに、じきに飽きますよ」

「そういうものですか」

「ええ、私は三、四日で見向きもしなくなりましたね。こんな新開地はつまらない。やっぱりオフィスは都心でなきゃあ」

そういわれてみて、俊介は品川の駅に降り立ったとき、居心地の悪さを感じたのを思い出した。それは真新しい高層ビル群への違和感だったのだ。もっとも、都心のビジネス街も好きではないが……。

「電話でもお話ししたのですが、メタンハイドレートについて教えていただこうと思ってうかがいました。篠原さんがたいへんくわしくていらっしゃるとのことで」

これもお世辞ではなかった。篠原は雑誌に署名入りの記事を何本も書いている。だが、彼はノリのいいタイプではなさそうだった。

「私は科学者じゃありませんよ。単なる編集者です。それに最近の事情については、あまりくわしくない」

「そうかもしれませんが、いきなり科学者を訪ねていっても、私のようなシロウトには理解できないでしょう？　横着《おうちゃく》なのですが、まず篠原さんにアウトラインを伺いたいのです、同業者のよしみということで……。そのうえで科学者や関係者に取材するつもりです」

篠原は不思議な生き物でもみるような顔をした。おまえに教えてやる義理がどこにある、と書いてある。しかし、こんなことで怯んでいては、編集者は務《つと》まらない。

「うちの雑誌は『ガイア』といいまして、その名のとおり、もともと地球環境についての問題意識を持っているのです。風変わりかもしれませんが……」

篠原は小さくうなずいた。だが言外に、そんな雑誌は知らないと語っていた。

「先日、中国に出張したのです」

話の取っ掛かりを俊介は求めた。

「ついこの間まで自転車を使っていた人たちがバイクに代え、いまや自動車が一般的です。排気ガスもひどいものでした。地球の人口の五分の一をしめる隣国が、完全にライフスタイルを変えました。中国のエネルギーの輸入量は、間もなく日本を超えるとか。それでは、資源小国の日本はエネルギー問題にどう取り組んでいるのか、にわかに知りたくなったのです」

篠原は、いまごろ何をいってるんだ、という顔をした。

「メタンハイドレートについて、どの程度の予備知識があるんですか」

声に揶揄《やゆ》するような調子が含まれていた。

「簡単に手に入る雑誌や、インターネットで検索できるものを多少読みました。でも、残念ながら、ほとんど頭に入りません。篠原さんのレポートだけがわかりやすかった」

篠原が俊介を凝視した。鼻の穴がふくらんでいる。

「すみませんが、まったく理解していないという前提で教えてくれませんか」

「たった一時間で？」

「私のほうは来年までかかってもかまいませんが……」

篠原は頬の筋肉を微かに動かした。笑ったのかもしれなかった。それから、しょうがねえな、という表情を浮かべた。

「じゃあ、ひとまずハイドレートは置いておいて、まずメタンからいきましょう。メタンを主成分とする天然ガスが注目されている理由が、あなた、わかりますか」

いきなり高圧的な尋問《じんもん》口調である。

俊介は一夜漬けの知識を頭の中から呼び出した。

「地球温暖化防止会議で、一九九〇年比で六パーセントの二酸化炭素排出量の削減が義務づけられているからではありませんか」

「ひとつにはそうですね。その数値目標を達成できなくて、四苦八苦しているのが現状ですから。でもね、なぜ天然ガスならいいのですか」

「もちろん、二酸化炭素の排出量が少ないから」

「なぜ、少ないのです？」

「…………」

まるで叱《しか》られているみたいだった。

「メタンは、炭素原子一個と水素原子四個から成る物質だからなんですよ」

第一問で俊介の実力を見抜いたようだった。

「CH^4と表示されるように、一つの分子に炭素原子が一つしか含まれていないので、同じエネルギーを得るために燃やしたときの二酸化炭素の排出量が、ガソリンや軽油と比べると二割から三割少ないんです。それに硫黄《いおう》や不純物を含まないため、硫黄酸化物や窒素酸化物、ススなども排出しない」

そんな説明を聞いても、俊介は半分も理解できない。

「でも、天然ガスが注目されているのは、それだけじゃない」

わかるか？　と、篠原の爬虫類の目が訊いている。第二問だ。

もちろん、わからない。

「安全保障の観点からなのです」

と、大きく出た。

「石油の埋蔵量は圧倒的に中東が多くて六割を超えます。もう二十年も戦争をやっているあの地帯ですよ。ところが、天然ガスとなると、中東の比率は三割台に落ちて、ロシア、アフリカ、アジアでも産出する」

「アフリカも？」

「そう、ナイジェリアやアンゴラ沖でね」

俊介は葛西のことを思い浮かべた。彼がナイジェリアに出張する理由を、おぼろげながら想像できた。

「しかし、その地域も、政情は必ずしも安定していない。だからわが国としては、エネルギー資源をほかに求めざるをえないのですよ」

「それでメタンハイドレートですか」

篠原はうなずいた。

「そうです。そっちの説明に移りましょう」

時間のムダ以外のなにものでもない客との面談を早く切り上げたがっていた。

「海底堆積物の中の有機物、つまり生物の遺骸《いがい》などを、微生物が分解することによって生成されたメタンが、水と結合して固体の結晶となったものがメタンハイドレートなのです。氷のような形状をしています」

「一般読者向けにわかりやすくいうと、メタンを内包した氷、もっと刺激的な言い方をすると、燃える氷、ですか」

「散文的ですな」

「すみません。通俗的な雑誌なもので……。ところで、いまの定義だと海でしかできない物質のように聞こえますが」

篠原は、ほんの少しだけ狼狽《ろうばい》した。

「ちょっと、はしょった説明をしてしまったかな。正確にいうと海底にかぎらない。いや、むしろ一九七〇年以前、海底下にメタンハイドレートが存在するとは、だれも知らなかった」

「まだ新しいのですね」

「そう、長い地球の歴史からみれば、ほんの一瞬のことかな。人類が初めて現実的にメタンハイドレートを意識したのは、シベリアの凍土《ツンドラ》地帯のガス田でのことです。ごぞんじかどうか、ガス田は生産がつづくと、ガス貯留層の圧力が低下して生産できなくなる。ところが、数年の休止後に、ガス田が奇跡的に生産可能なまでに回復したのです。それで、メタンハイドレートのためではないかと見当をつけて掘削してみたところ、存在が確認された。それからアラスカ、カナダの永久凍土からも発見された。ただ、分布の状態などがよくわからなかったために、大きな注目を集めなかった。地球史上に残る大発見だったにもかかわらず……」

「惜しかったですね」

「なに、人間の知恵などはそんなものですな」

科学雑誌の編集者らしからぬ捨て鉢な口調だった。

「そして、深海掘削というものが始まって間のない一九七〇年に、アメリカ東海岸沖で遭遇したというわけですよ。やがて中南米やカナダなど大陸周辺の沖合、水深二、三千メートルの海底堆積物から、氷の状態の物質が回収され、それがシベリアのガス田で発見されたものとおなじだとわかり、科学者たちは色めき立った。メタンハイドレート研究が進んだのは、それからです」

篠原はふいに立ち上がった。どこへ行ったのかと思うと、すぐに手に資料を抱えて戻ってきた。

「そして、一九九六年だったかな、ついにドイツの研究者がアメリカ西北部のオレゴン州の沖合百キロの深海底から、四十キロ強の新鮮なサンプルを引き上げるのに成功した。それはすぐに液体窒素で冷却された低温容器に保存されたんだが、甲板上に残った泡立つかけらに、火のついたマッチを近づけたところ、赤い炎をあげて燃えたというんですな。そして、その白い塊《かたまり》が氷であった証拠として、燃え跡にはわずかな水が残った。かれらは興奮したでしょう、世紀の発見の瞬間だったのだから。ほら、これがそのときのものですよ」

篠原は二枚の写真を俊介に手渡した。

一枚は、パワーシャベルのバケットを二つ組み合わせたような採取装置を装備した海洋調査船。もう一枚は、真っ白いメタンハイドレートと石灰岩が交互に重なってできている泥の塊の写真だった。

「凄《すご》いものをお持ちですね」

「いや、なに」篠原は鼻をうごめかした。「そのとき短い記事を書いたもんでね」

「私が読んだものですね」

「そうかもしれないな」

「それにしても、なんで深海ばかりなんですか」

「いい質問です」篠原はちょっと気分を良くしたようだ。「メタンハイドレートは氷点ほどの温度と、水深四、五百メートル以上に相当する高い圧力のもとでしか安定しない性質をもっているからです。この二つの条件を満たす場所は、水深千メートルの海底の、さらにそのまた数百メートル下の地層だからですよ」

「そういう高圧低温の場所でなければ存在できないから、陸地では永久凍土の地域、海なら深海ということになるんですね」

「ほんのちょっぴり補足すると、海では大陸棚や海溝斜面の海底下にかぎられるんですな。陸からの有機物をふんだんに含む堆積物が必要だからね」

「もし温度が氷点より高くなったり、圧力が低くなったら、どうなるんです？」

篠原は答えず、どう変化すると思うか、と細い目で訊き返した。第三問だ。

「そうか、氷だから溶けるんですね」

満足そうにうなずいた。割と出来のいい生徒だ、という顔をした。

「そうすると、回収して資源として利用するのは困難じゃないですか」

「そう。その克服が課題だった。なにせ量が半端じゃないから、政府や企業にとっては垂涎《すいぜん》の的でね」

「半端ではないというと？」

「全世界の天然ガスや原油、石炭の総埋蔵量を合わせた量の二倍以上という推定が有力かな」

「二倍？」

俊介は呆気《あっけ》にとられた。

思わず目が宙をさ迷う。東京湾の青く光る海面が網膜を刺激した。その数字の意味する大きさが、じんわりと胸に広がってくる。

「……世界のエネルギー事情が一変するじゃあないですか」

「そのとおりですな。もし回収できればね」

篠原は、さも当然のようにうなずく。

「日本近海にも膨大にあるのですか」

すぐ目の前の海の底にも、ひっそりと眠っているのだろうか。

「日本周辺海域の資源量は、わが国の天然ガス使用量の百年から百四十年分と推定されているね」

俊介は無意識のうちにポケットからケントを取り出した。一本摘《つま》んでから、テーブルに灰皿のないのに気づく。篠原の眉間《みけん》に縦皺《たてじわ》が寄っている。渋々《しぶしぶ》タバコをしまう。

「どのあたりにあるんですか」

「日本周辺には、メタンハイドレート生成のための温度や圧力の条件を満たす海域は多いのですよ。しかも大陸に近いため、陸からの有機物が厚く堆積している。北海道から沖縄に至る海に広範囲に存在してますな。でも、八十から九十パーセントは、九州東方沖と、それから南海トラフと呼ばれる四国から東海沖の海溝」

俊介の頭に日本地図が浮かぶ。

「いままで、どのような取り組み方をしてるのでしょう?」

「画期的だったのは一九九九年、静岡県御前崎《おまえざき》沖合六十キロでの調査でしたな。知りませんでしたか?　私が記事を書いたけれど」

十年以上も前のことだ。

「すみません、不勉強なもので……」

「いや、なに、マスコミは弱いですからね。科学的な問題や、将来にわたる長期的な問題については……。一般紙ではほとんど報道されなかったな。当時、世界最大級だった二万四千トンの掘削船で、水深一千メートルの深海底から岩を砕《くだ》く頑丈《がんじょう》な刃をつけたドリルで掘り下げ、そこからさらに二、三百メートルの位置でメタンハイドレートを採取した。その船の掘削やぐらは二十五階建てのビルに相当する高さだったんですよ」

掘削船の写真をみせてくれた。それから記事のコピーを出して、どうぞ、といった。

「いただいてもいいのですか」

「けっこうですよ。……そこにも書いたけれど、あれはたいへんなことだった。メタンハイドレート層が、通常の天然ガスとおなじ砂質層という地質の中にあることが、海洋で確認された。これは世界で最初の発見だったんですよ。さらに、その層が水平に連なっていることがわかり、エネルギー資源としての利用の可能性をしめすものだったな」

一時間がとうに過ぎていた。だが、篠原はいつの間にか興《きよう》に乗ってきたようだった。彼のこれまでの仕事の中で、もっとも意義深いものの一つだったにちがいない。

「そうすると、わが国の研究は世界的に進んでいるわけですか」

篠原は資料の中から、船の写真や設計図らしきものを取り出し、テーブルに広げた。

「もう一つのターニング・ポイントがこれです」

俊介は息をのんだ。

これまでみたこともない巨大で異様な船舶だった。貨物船とも軍艦ともちがうのは、中央に大きな掘削やぐらがそびえている点だ。

「三井《みつい》造船玉野《たまの》事業所で建造され、三菱《みつびし》重工業長崎《ながさき》造船所で掘削やぐらを取り付けた超大深度掘削船『ちきゅう』です」

「どのくらいの大きさですか」

「総トン数は六万。豪華客船に匹敵する。全長二百十メートル、幅三十八メートル。やぐらの高さは百十二メートルだから、高層ビル並みですな」

「もちろん、ごらんになった？」

「当然。でも、近くからは巨大な鋼鉄の壁にしかみえないな。ドックの五十メートルクレーンに乗せてもらって、やっと全貌がわかりましたね」

「いくら掛かったのですか」

「いくら？　ああ予算ね」

篠原は資料をめくった。

「ええと、六百億円かな」

俊介は息を漏らした。

「凄いやつなんですよ。水深三、四千メートルの深海底から、地殻を七千メートルまで掘削できる。七千メートルというと、あなた、地殻下のマントルまで届く。これの前の『ジョイデス・レゾリューション』号は、二千メートルの掘削が限界だった。しかも、硬い岩石層や、石油やガスの噴出しそうな海底には触れない。でも、こいつは最新鋭の防噴装置などを備えているから、どこでも問題ない」

篠原の説明に熱がこもっている。素晴らしい、と俊介は調子を合わせた。

「いや、それだけじゃない。一本の掘削には数ヵ月かかるけれど、その間、複数の衛星の電波をとらえ、自分の位置が常におなじになるように七台のスクリューを回す。最大搭載人員は百五十名、うち六十名は研究者。いわば洋上研究所ですな」

「本来の目的は何なのですか」

「いろいろありますよ。でも、巨大地震を起こすプレート境界を、直接掘って調べるのも、その一つだった。わかりますかね、海洋プレートが陸側に沈み込んでいる場所にはエネルギーが溜まっていて、それが東海地方の地震などを引き起こしてきた。その構造を調べるんですよ」

「というと、日本近海を調べた？」

「『ちきゅう』が投入されたのは二〇〇五年、まず南海トラフだった。なにしろ石油やガスの噴出する恐れのある地域でも平気だから、どんどん掘れるんですな。そして、その結果、地震はもとよりメタンハイドレートの調査も着々と進んでいるはずですよ」

「なるほど」俊介は納得した。「それで東海地震に関する情報が、このところきめ細かく出されているんですね」

「まあ、『ちきゅう』だけの手柄ではないでしょうがね」

しかし、俊介には納得できない点もある。

「メタンハイドレートのほうはどうなんです？　あまり調査結果が発表されていないようですが？」

「慎重なんじゃないかな」と篠原がいった。「なにせ北海油田の発見に匹敵するかもしれないのだから」

「…………」

「ピンとこないようですな。イギリスは北海油田の発見によって、エネルギーの自給率が百パーセントを超えた。おなじように、わが国が資源大国となる可能性もありうるのですよ。おのずと慎重になるというものじゃないですか」

俊介の頭の奥で資源大国という言葉が鳴り響く。

「……それにしても、このところ報道が少なくありませんか」

篠原が苦笑した。

「そう、たしかに私も書いていないな」

「あまり報道されないのはマスコミの科学音痴《おんち》のせいですか」

「それもあるだろうね。それにマスコミも一般の人も、わが国は資源小国なのだという先入観が植えつけられているもんだから、にわかには信じられない」

「では、篠原さんがお書きにならないのはなぜです？」

質問が急所を衝《つ》いたようだった。

篠原は口をへの字に曲げ、目を窓の外に転じた。表情の乏《とぼ》しい顔からは、何を考えているのか読み取れない。

しばらくして、

「記事になるような情報が流れてこないんだな」

と、呟《つぶや》いた。

「計画が挫折したということは？」

「それは……ないと思うね」

俊介は変な胸騒《むなさわ》ぎをおぼえた。

「篠原さんは、情報が流れてこない原因を、どう推測されていますか？」

篠原は、しかし、別人にでもなったかのように、弱々しく首を振った。固く閉ざされた唇からは、もう言葉が漏れてきそうにない。重苦しい沈黙がつづいた。

ここまでだ、と俊介は思った。腕時計をみると、二時間ちかく経過している。立ち上がった。

部屋の入り口まで送ってくれた篠原が訊いた。

「あなたは、メタンハイドレートの取材をつづけるつもりですか」

「たぶん」

「どうでしょう、もし耳寄りな話を聞いたら、こっそり教えてくれませんか」

爬虫類の目が、いやに真剣だった。

「お約束します」

俊介はエレベーターの中で、篠原は何かを隠しているのだろうかと考えた。そのようでもあり、そうでないようでもあった。

何かありそうだ、と直感した。

第四章　帰国

一

年末の仕事じまいは編集部の会議室で行なわれた。立食形式で、缶ビールが一人当たり二本、ツマミはサキイカとピーナツだけ。編集長の斎木がウイスキーを二本提供したが、拍子《ひょうし》抜けするほど簡素なものだ。

斎木は短いスピーチをした。

「みんなのおかげで、どうにか雑誌が軌道に乗りつつある。引きつづき頑張ってくれ」

そのような趣旨のことをいったあとで、ちょっと気になる発言をした。

「来年はエネルギーや食糧の問題にも焦点を当ててみたいと思っている。いったい、この国は自立できるのかという観点からだ。この年末年始、気づいたことがあったら、年明けの企画会議に出してくれ」

そのあと斎木はボトルを持って、部員一人一人に声をかけて回った。

佐沼のところにも来て、紙コップにウイスキーを注《つ》ぎながら、めずらしく優しい言葉を口にした。

「一年経《た》って、だいぶ編集方針がわかってきたようじゃないか」

佐沼は反射的に身構える。

「……いえ、まだまだです」

「もちろん、そうだ。だが、政策不在特集号で官僚を批判した企画は上出来だったぞ。おまえは権力者をやっつけるとき、生き生きと輝く」

「ぼく、正義の味方なんです」

「いや、なに、ひがみっぽいだけという見方もある」

「だれです、そんなことをいうのは？　高井戸さんでしょう？」

「バカか、おまえ。あの子が仲間の告げ口をするもんか」

斎木は一回りすると、そそくさと帰っていった。ほどなくしてウイスキーも空になった。

「聞きました？」佐沼は俊介に耳打ちした。「あの子ですってさ、あの子……。四十近くなって、あの子はないでしょうが。やっぱり出来てるな、あの二人」

「一年の最後の日に、そんな話は聞きたくないな」

「ああ、俊さんも高井戸が好きなんだ」

「そういう話もしたくない」

「図星なんだ。……まあいいや。ねえ、どっかに飲みに行きましょうよ。これでサヨナラじゃあ、蛇の生殺《なまごろ》しってやつですよ」

「いいよ、くだらない話をしなければな」

加奈子は花屋のパートナーたちと忘年会で、今夜は泊まりに来ない。

ところが、帰り支度《じたく》をしていると高井戸が笑みを浮かべて近寄ってきた。

「上杉さん、今夜、空《あ》いてません？」

「………」

「あら、彼女とデートかしら」

「いや、残念ながらそうじゃない。佐沼と飲みに行くんだ」

高井戸と佐沼の視線が絡み合った。

「わたし、構いませんわよ、佐沼くんがいても」

ぼくのほうは構うんだよ、と佐沼が目でいった。

「うん、じゃあ、いっしょに行こう」

佐沼が肩を落とした。

だが、すぐに気を取り直し、どこかに電話する。

「三人、座れる？　……うん、これからすぐ行くよ、取っておいて」

そんな声が聞こえた。マメな男なのである。

暖かい夜だった。神田駅界隈《かいわい》は、忘年会に繰《く》り出したサラリーマンで混み合っており、歩いていて体が触れそうになるほどだ。

「まるでお祭りだなあ。そうそう、ぼくの故郷の七夕《たなばた》祭りみたいだ」

佐沼が感嘆すると、すかさず高井戸がいった。

「あら、年末は一番のお祭りにきまっているでしょうが」

「それにしてもさ」と俊介はいった。「これでも不況なのかな」

「年にいっぺんくらいは、パッとやろうということじゃないかしら」

高井戸がまた講釈した。

細い道に入り、寿司屋の暖簾《のれん》をくぐった。ネタのわりには安いから、たまには利用している店だ。

六人が座れるカウンターと二つのテーブルがあるが、客は中年のサラリーマン一組だけだった。だいぶ早くから始めているらしく、もう気勢を上げていた。

だが、俊介たちが入っていくと、反射的に口を噤《つぐ》んで、そろって警戒するようなまなざしを向けてきた。しかし、無関係な者だと判別すると、安心してまたもとの話題に戻った。俊介を真ん中にカウンターに腰を下ろした。

黙って座るだけで、五十がらみの主人がマグロやヒラメを切って出してくれる。女将《おかみ》が酒を満たした焦茶《こげちゃ》の片口《かたくち》を持ってきた。

「年末のこんな日でも空《す》いているんだなあ。これなら予約しなくてもよかった」

無遠慮に佐沼がいうと、主人が苦笑した。

「さっぱりですよ。年々ひどくなる。寿司なんてものは回転寿司で食うもんだ、という考えが定着しちゃいましたね」

「それどころじゃないわよ」高井戸が冷ややかに応じた。「回転寿司しか食べたことがない人間が多いのよ、とくに若い世代にはね」

「ほんと？　信じられないな」

「いや、そうかもしれない」

めずらしく佐沼が高井戸に同調した。

「ぼくの学生時代の仲間で、いまだにフリーターをやってるやつがいってたよ。子供のころは頻繁《ひんぱん》に親父に連れてってもらったけど、家を出て以来、回転寿司以外入ったことがない、一度、本物の寿司屋で腹一杯食ってみたいって」

「情《なさ》けないねえ。日本はどうなっちゃうんだろう？」

と、主人が首を振った。

「もう、どうにかなってるさ」

横で上司の悪口を肴《さかな》に飲んでいた男が会話に闖入《ちんにゅう》してきた。

「おれなんか今年寿司屋に入ったのは、たしか三度目だぜ、たったの。フリーターなんかじゃない、立派なカタギのサラリーマンだ。それが四十五にもなって、情けないったらありゃしないぜ」

「おれも、そんなもんだ」と、やや年下の男がいった。「給料はカットされる、ボーナスなんてもう何年も出てない。だから自腹を切って寿司屋になんか入れっこない」

何だか威張《いば》っているみたいだった。

「それに比べりゃ、おたくたち、いいねえ。しょっちゅう来てるみたいだ。いい会社に勤めているんだろうな」

「とんでもない」佐沼が慌てて否定した。「同業者は倒産するわ、給料は下がるわで、虫の息ですよ」

「ウチが不景気なのも当然ですかねえ」主人が溜め息をついた。「かといって商売替えしようにも、他に能がないし」

「それでもさ」と、四十五の男がいった。「こうして年末には食えるんだから、まだよしとしなきゃあな」

みずからを慰《なぐさ》めるようにいい、横を向いて上司の悪口を再開した。

「上杉さん」

しばらく飲んでから、高井戸が話しかけてきた。

「先月号の中国のレポート、秀逸《しゅういつ》だったわよ。あれを読むと、ガイアの怒りに触れて中国が分裂するのは必然だという気がしてきたわ」

「ありがとう。でも、斎木さんのアドバイスに助けてもらったよ」

「へえ、どんなところ？」

「中国の歴史の分析が欠けていたね。それでだいぶ書き足した」

「ふうん。でも、わたし、インタビューがうまいと思ったな。あんなに中国人の本音を引き出せるのって才能よ。単に中国語ができるだけじゃダメだもの」

「人の話を聞くのが好きだからだろうな」

「たぶん、ちがうわ。上杉さんに接していると、人は警戒しないんじゃないかしら」

「人畜無害ってやつだね」

自嘲気味にいった。

「俊さん」佐沼が悪戯《いたずら》っぽい目をした。「よく女性に、上杉さんっていい人ね、といわれるでしょう？　そして、それでおしまい。それだけ」

大口を開けて笑った。

「失礼よ、あなた。それでおしまいって何よ？」

高井戸が目を吊り上げた。

「上杉さんは、女からみても魅力的よ。あなたみたいな軽薄な男の十倍はね」

「……たいへん失礼しました」

「いっとくけど、人が警戒しないってのは、そんな意味じゃないわよ」

俊介はマグロを摘んで酒を呑む。アルコールがゆっくりと胃に染みてくるにつれて、とても肝心なことを高井戸に指摘されたような気がしてきて、ついつぶやいた。

「他人から警戒されないのは、自分というものに核がないからじゃないかな。高井戸さんや佐沼とちがって」

「核って何ですか？」

ヒラメを旨そうに食べながら高井戸が訊く。

「何だろうね。主義、信条とはちょっとちがうな。行動原理じゃあ固すぎる。拠《よ》り所かな」

「上杉さんは、そういうものがないと感じているんですか？　わたし、そうは思わないけどな」

「ぼくはともかく、高井戸さんには核がある」佐沼が真顔をつくっていった。「立派な、堂々とした、他人の批判できない核があります」

うるさい、邪魔をするな、と高井戸はきつい目をした。が、佐沼は無頓着である。

「高井戸さんには及びもつきませんが、ぼくにもわずかながら核があります。そして、ときおり高井戸さんの核とぼくの核とが、微妙に触れ合うのですね」

「触れ合う？」

「ときに反発し、ときに共鳴する。これを触れ合うと称するのです。もし、核をなす要素が、ほんのちょっぴり異なっていれば、核融合が起きます。ぼくと高井戸さんは愛し合うかもしれない」

「気持ち悪いわ」

高井戸はぐいと酒を呑んだ。

「……いや、喋ってしまってから、自分でもそう思いました」

なに！　と、高井戸が睨む。

俊介は笑った。

酒が急に旨くなってきた。二合入りの片口が、またたく間に三本空いた。

「ご主人、ぼくに何か握ってよ。腹がすいてきた」と佐沼がいった。「アワビある？　ウニもいいな。それからトロ、ホッキ、エンガワ」

「あなた、高いのばかり頼むのね」

「いいじゃないですか。忘年会なんだから」

「少し、お金を貯めたら？　いつまでたっても結婚できないわよ」

「高井戸さんにいわれたくない。それより、さっきの話ですけどね」

「なによ、中国？」

「いや、やめようかな。なんか不謹慎みたいだ」

高井戸は鼻で笑った。

「あなたはいつだって不謹慎よ。でも、その性格だと、いわないで年を越すと後悔するわよ。ああ、やっぱりアワビを食べておけばよかった、というふうにね」

「とてもわかりやすい比喩《ひゆ》だなあ。高井戸さん、ぼくのことをよく知っている」

佐沼はアワビとウニをたてつづけに頰張《ほおば》った。それから、お猪口《ちょこ》はやめて、グラスで飲み出す。

「よし、じゃあいいます。ぼくね、中国が分裂し混乱しているのをみて、いい気味だと思うんですよ。性格、悪いでしょう？」

「いいえ、いい、悪いじゃないわ、それがあなたの地よ」高井戸がいった。「ねえ、おじさん、わたしにもイカとアオヤギとシャコを握って。横で意地汚く食べるのをみてると欲しくなったわ」

「ぼく、あの国、嫌いなんです」

佐沼はホッキ貝を食べながらいった。

「もともと国の名前からして世界の中心だと主張する覇権国家でしょう？　おまけに二十一世紀の主役はおれだって顔をしていた。それだけならともかく、やたらに内政干渉する。ことあるたびに他国の侵略戦争の責任をいいつのる。自分のやっている侵略や虐殺を棚に上げて……。そして、日本なんかあと二十年もすれば消滅するなんて公言してはばからない。少しは苦労すりゃいいんですよ」

高井戸もグラスに替えた。手酌《てじゃく》で注ぐ。

「そのとおりよ。わたしもあの国は大嫌い」

「ほら、核が触れ合った。だからいってるんですよ」

「上杉さんはどうなんです。取材していて、そんな気になりませんでした？」

俊介はコハダとトリ貝を頼んだ。

「ならなかったね。むしろ羨《うらや》ましいと感じた」

「羨ましい？」

高井戸と佐沼が声を合わせた。

「何が羨ましいんですか」

「信じるものや、主張するものが明確なんだな。政治を民主化せよ、信教の自由を認めろ、貧富の格差をなくし、経済を発展させろ、汚職を撲滅《ぼくめつ》せよ。……みな明確じゃないか」

「明確ならいいんですか」

「いいか悪いかなんてわからないよ。ただ、羨ましいと感じたんだな」

「どうして羨ましいのかなあ」

佐沼はトロを食べながら訊く。

「たぶん、こっちに明確な目標がないからじゃないか。せいぜい失業は困るとか、不景気で給料が下がるのは嫌だという程度だろ？　愚痴《ぐち》や文句はいうが、こうしたい、こうしようというのがないね。というより、みつからない。十年も二十年も、おなじような不満をいいつづけているんだな」

「でも、ぼくは年にいっぺんだけじゃなくって、いつでもアワビを食っていたい。明確ですよ」

「年中アワビを食えたからって幸せにはならないよ。寿司屋でいうセリフじゃないけどさ」

「ぼくは幸せになりますよ」

「だから佐沼には核があるんだよ。おれはそれも羨ましい。でもさ、アワビを食うために死ぬ気で働けるか？　中国人みたいに」

「死ぬ気で、ですか？　アワビのために？　さあねえ」

「なんだか変な話になってきたな」俊介はコハダをつまみ、コップ酒を飲んだ。「佐沼と話していると、ときどき調子が狂うなあ」

「それは当然ですよ」高井戸はシャコを食べた。「もともと佐沼くん自身、調子が狂ってるんだから」

「すみませんねえ」

「上杉さんのいいたいのはね、佐沼くん、中国人には目標に向かって、まっしぐらに走っていくだけのパワーがあるってことじゃないかしら。一方、日本人にはない、と」

「ちがいますよ」

佐沼は反発した。

「どこが？」

「高井戸さんみたいに頭のいい人でもわかりませんか。俊さんは、日本人にパワーがなくなった状態より、目標をなくした事実を指摘しているんですよ」

「わかっているわよ、そんなことぐらい。大きくいえば、国家目標を喪失したってことでしょうが……。もっともそんな状態は、もう何十年もつづいているけどね」

俊介はトリ貝を食べた。大きくて、瑞々《みずみず》しくて、舌が驚くほど旨かった。回転寿司では食べられないネタだ。

「なあ、上手に分析されると、激しく違和感をおぼえるのはなぜなんだろう？」

「それが言葉や文字の限界なのよ」

高井戸はサバサバしていた。

俊介は黙って酒を飲んだ。何だか、とても楽しくて、しかも虚《むな》しかった。

手ごたえのあるものが欲しい、と痛切に思った。加奈子と愛し合っているとき――

ひょっとすると、そのときだけ――虚しさや不安を忘れることができる。

片口をさらに三本空ける間、佐沼と高井戸は議論をつづけていた。いつの間にか、斎木の指示したエネルギーと食糧の話に移っている。

佐沼が手洗いに立ったとき、高井戸が訊いた。

「上杉さんは、もうエネルギーの取材を始めてるんでしょう？」

敏感な女だった。

「少しだけね」

「いつもそうなのよね」

「何が？」

「いつも考えているわ。それから斎木さんの意図も読んでいる。そして、あらかじめ準備しておく。それがあなたのやりかたね」

「仕事だから、これまでは、そうすべきだと思っていた。でも、ちがうかもしれないな」

「どうちがうの？」

「暇つぶしでやっているのかもしれないね」

「そう、暇つぶしよ」高井戸は酒をあおった。「生まれてこのかた世界は悪くなる一方だし、夢は描けない。でも、わたし、どうせ暇つぶしなら、激しく、主体的に、好き勝手にやりたいのよ」

「そう、それがきみの核ってもんだろうな」

「ねえ、わたし、もっと飲みたいな。佐沼くんを振り切ってバーにでもいきましょうよ」

「ダメだよ」

「なんで?」

「かわいそうじゃないか」

「じゃあ三人でもいいわ」

「もう酔ったよ。帰ろう」

「ねえ、お正月はどうしているの?」不自然なほど甘い声を出した。「わたし、ずっと家にいるの。こういうのも、かわいそうでしょう?」

「人に同情するほどの余裕はないな」

「上杉さんも家にいるの?」

「そうだよ」

高井戸は深く息を吸い、妖しい目でみた。

「正月明けに、お宅におじゃましてもいい？　わたし、これでも料理は上手《うま》いのよ」

高井戸がしなだれかかってきたときだった。

佐沼が、ああ、さっぱりした、といいながらハンカチで手をふきながら戻ってきた。高井戸は姿勢を正した。

外に出ても、冷え込みがきつくなく、コートがいらないほどだった。温暖化か、と俊介は思った。

別れしな、高井戸が小さくつぶやいた。

「……臆病なんだから」

そのようにして、俊介の月刊『ガイア』の一年が終わった。

二

葛西が日本に帰る日が来た。

だが、無事に仕事を終えたからではない。

葛西はベニン湾の沖合に浮かぶＦＰＳＯ（半潜水型掘削リグ）の上にいた。遮蔽物《しやへい》のないデッキに立ち、灼熱《しやくねつ》の太陽に炙《あぶ》られながら、生暖かい潮風を吸った。

昔、奴隷や象牙《ぞうげ》を求めて、ヨーロッパ人が襲ってきたアフリカ中西部の海岸の東端である。湾とはいっても、日本のスケールからすれば海と異ならず、大西洋との境など見当もつかない。だだっ広い海原《うなばら》に三つ四つ、貨物船の影が小さくみえるだけである。

ＦＰＳＯのデッキは長方形で、各辺の長さは百二十メートルと百メートルだ。コラムと呼ばれる真っ赤な四本の巨大な柱が、そのデッキを支えて海中に突き刺さっている。コラムは大きくて不格好なポンツーンという舟形状の構造物に乗っているが、それは水を入れて沈めてあって外からはみえない。デッキからポンツーンまでは百メートルもある。二十階ほどのビルの高さに匹敵するのだ。そして、デッキ中央には、五十メートルほどの掘削やぐらが小型の東京タワーのようにそびえている。

コラムの一つには、三十メートル四方のヘリポートが載っており、その下は百名前後の作業員の居住区で、葛西は幾度となくそこに寝泊まりしたものだった。

この「島」の住み心地は、そんなに悪くない。部屋はビジネスホテル並みのつくりだ。食事はビュッフェ・スタイルで、朝はトーストにベーコンエッグとフルーツ、昼と夜は肉か魚が出る。内乱に明け暮れ、一日の糧《かて》にことかくナイジェリア人からみれば、王侯貴族の生活といえる。

——ナイジェリア生活で、辛《かろ》うじて息を抜けたのはここだけだったな。

と、葛西は回想した。

絶対禁酒のFPSOの船室で、密輸したアルコールを隠れて飲みながら、日本人仲間と麻雀《マージャン》を打つときは楽しかった。いや、現地人の襲撃によって精神に異常をきたして、ドイツに強制送還されたクレーン作業船の船長ボーデウィヒにも麻雀を教え、彼は病みつきになったのだった。

「葛西さん、そろそろ出発しないと帰国できませんよ」

いつの間にか後ろに立っていた若い日本人エンジニアにうながされた。

あれほど日本に帰りたいと願っていたのに、現にその日が来るとなると、なかなか立ち去りがたい。

海原のあちこちに、白い兎《うさぎ》のような波頭が走っている。

——あと一歩だったな。

という悔恨《かいこん》がある。

ボーデウィヒのクレーン作業船がこのFPSOと海底パイプラインをつなぐライザー（管）を取りつければ、海底から天然ガスをたっぷりと吸引できたのだ。それを見届ける石油メジャーにこのFPSOを引き渡し、それで葛西の仕事は完了したはずだった。あと一歩どころか、あと半歩だった。

　この先、このプロジェクトがどのような運命をたどるのか、それはだれにも見当がつかない。果して扶桑トレーディングはどれほどの損失を被るのか、そして、この一ヵ月半の苦労は何であったのかという徒労感が、葛西の胸を押しつぶしている。

「救いがたいほど愚かな国民ですね」

　葛西の胸のうちを察するかのように、エンジニアはいった。

「自分で自分の首を絞めているのがわからないんですからね」

　この設備が稼働するようになれば、ナイジェリアは何年にもわたって定期的な利益を受け取ることができた。他に外貨を獲得する手段を持たないこの国にとって、それは少なからざる期待利益の喪失だった。しかし、合理的な思考が通用しない事態が、世界のあちこちで勃発《ぼっぱつ》している。そんな時代だ。

　葛西は首を振りながら船上のヘリポートに向かった。

　――長い年月と巨額の資金を注ぎ込んだFPSOは廃墟と化すのだろうか。

　ベニン湾にプロペラ音を響かせて飛ぶヘリの中から、次第に遠ざかっていく海の砦《とりで》をながめながら、葛西は砂を嚙《か》む思いにとらわれた。

日本のエネルギー事情は危機的な状態だった。

エネルギー自給率は、先進国中最低レベルの二十パーセント台だ。供給量の半分を石油に依存し、さらにその八割強を中東からの輸入に頼るいびつな構造は、その危険性がたびたび指摘されていたにもかかわらず、一向に改善されていなかった。

そして、いまや生産量の五割を占めるにいたった中東原油をめぐる競争は激化の一途をたどっており、とりわけ中国のイランへの接近は日本を苦境に立たせている。

だから、脱石油を志向する天然ガスプロジェクトに、葛西はひそかな誇りを抱いていた。ナイジェリアでの仕事に熱中したのも、会社の利益を追求するだけでなく、そのような意義を見出したからにほかならない。だが、それはいまや水泡に帰したのである。そして、このような国々に天然ガスを求めても、絶えずおなじようなリスクにさらされるだろう。

——メタンハイドレートの開発を急ぐしかない。日本に帰ったら、あの仕事に集中しよう。

FPSOが小さな点となり、やがて視界から消えたとき、葛西は決意をあらたにした。

ラゴスの所長宅に戻った葛西を待ち受けていたのは、追い打ちをかけるようなニュースだった。搭乗予定の飛行機が離陸できないという。

「なんでまた？」

もはや怒る気力も失《う》せた葛西が尋ねると、所長の中村は肩をすくめた。

「ジェット燃料の手当てがつかないんだとよ」

「というと？」

「連絡するまで待機しろとさ」

「内乱のほうは？」

「反乱軍はラゴスに迫っている。政府軍は阻止すべく交戦中だ」

葛西はソファに崩れ落ちた。

「で、どっちが勝ちそうなんですか」

「きみねえ」中村も腰を下ろした。「この国で一時間後に何が起きるかなんて、だれにも予測がつかんのだよ。まだまだわかっていないんだな」

リビングには、運べるかぎりのトランクが、いますぐにでも持ち出せるばかりになっている。

「日本政府は邦人救出のため、ＪＡＬを飛ばしてくれるんでしょうね？」

葛西がいうと、いかにも高価そうな服で太った体を包み、いたるところに宝石をつけた中村夫人がけたたましく笑った。

「まあ、とてもいいアイディアだわね」

そういって、中村の横に座ってタバコに火をつけた。

「二人とも冗談はよしてくれ」と中村は葛西と夫人を睨んだ。「政府が本気で在留邦人の保護をしたなんて話は聞いたことがない。まして、こんな地の果てでな」

「大使館の外交官なんて、遊んでばかりだものね。麻雀、トランプ、チェス、パーティ。仕事をしているのをみた人なんていないわ。でもね、退去命令だか勧告だかを出しといて、どうやって出国しろっていうのよね。どうにかしてくれてもいいんじゃない？」

「土壇場《どたんば》になってから手遅れの指示を出す。だが、やるべきことは何もやらない。それが官僚ってもんだろうが……。長年、いろんな国にいたけれど、大使館というものが何のために存在するのか、私はいまだにわからないね」

「そして、どこでどうやってツテをみつけるのか、彼らは真っ先に逃げ出すわ」

「そうだ、わかっているじゃないか」

葛西がいままで病気にもならずに延命できたのは、この気さくで率直《そっちょく》な夫人のおかげだった。とにかく旨いものを食べさせてくれたのだ。

朝はパンと卵料理。インスタントではあるが、コーヒーがついた。

昼は、そばやそうめん。

そして何より有り難かったのは、カリフォルニア米のご飯とみそ汁の出る夕食だった。思い返せば、食べることだけが楽しみだったのだ。

「ねえ、あなた」と夫人がきっぱりとした口調でいった。「ジタバタしても始まらないわ。上等のお酒があったでしょう？　どうせ持って帰れないんだから、呑んでしまいましょうよ」

「きみはナイジェリアに来て、アルコール依存症になったな」

「あら、前からよ。仕事依存症のあなたが気づかなかっただけだわ」

夫人は芳醇《ほうじゅん》な香りがするのに、何の抵抗もなく喉を通る赤ワインを開けた。

サラミやハムの他に、クジラのベーコン、牛肉の大和煮《やまと》の缶詰、それにピンク色の魚肉ソーセージなどがリビングのテーブルに並んだ。

「なんだ？　こんな珍味があったのか」

「そうよ。クジラは特別な日に味わおうと思って隠していたの。まさかこんなときに食べようとはね」

葛西はよだれが垂《た》れそうになった。

夫人は筒状の魚肉ソーセージを手に取っていった。

「葛西さん、私ね、これを切らずに丸ごとかじるのが好きよ、こういうふうに。お行儀《ぎょうぎ》、悪いでしょう？　育ちが良くないのよ。ただし、難点が二つある。何だかわかる？」

「いかにも日本らしい食べ物だから切なくなるんですか」

「そう。でも不思議ね。クジラや大和煮だと、そうは感じないの。どうしてかしら？」

「魚肉ソーセージだと、日本だけじゃなく、子供のころを思い出すからじゃないですか」

夫人は、ワインを飲みかけた手を止めた。そして、そうか、そうだったのか、とつぶやいた。

「あなたも、子供のころによく食べたの？」

「正確にいうと、大学生になってからですね」

「下宿してたの？」

「父が亡くなって貧乏したんですよ。魚肉ソーセージはごちそうでした」

あら、と夫人はいった。

「ごめんなさい。変なことを訊いて」

「大昔ですよ、二十年も前の……。で、もう一つの難点は何ですか」

「これに一番合うのはビールよ。でも、ナイジェリアビールには全然合わないのよ」

「まったく同感ですね」

「また、バカなことといっちゃった。日本に帰って、思いっきり生ビールを呑みたくなったなあ」

「それも同感です」

そんな話をしているうちにワインが一本空いた。中村はイライラしてひっきりなしに電話をかけていたから、夫人と二人で空けたのだ。

「ねえ、葛西さん」と夫人が誘った。「ウイスキーにしない？　おいしいのあるわよ」

「かまいませんか？」

葛西は部屋の隅で足踏みしながら電話中の中村を目で示した。

「かまいやしないわ。どうせきょうはダメよ。この国で少し待機していてくれというのは、いっぱい待機しろということだわ。主人、まだわかっていない」

ロイヤル・サルートを呑みだしたとき、中村は電話から戻ってきた。

「きょうは飛ばんらしい。まったく無責任なやつらだ」

ドサリと腰を下ろした。

「おまけに娘を一人、泊めろだとさ」

「娘？」

「国連難民高等弁務官事務所に勤めている女性らしい。こっちはもう出国の準備が終わっているからお客様を、しかも若い女性なんかをお泊めするような支度はできませんといったんだが、なに、ソファを貸してくれればけっこうです、そういう女性なんです、だとよ」

「あなた、それはぜひお泊めしなくちゃあ」

「そうだよな。泊めてやれば、いくら大使館のやつらだって、マメに連絡してくるだろうからな」

「そういう意味じゃないわよ」

「なんだ？」と中村はロイヤル・サルートをみた。「もうそんなもの、呑んでるのか。……おれにも一杯くれや。よし、こうなったら、残っている酒は全部呑んじまおう」

「十本以上あるわよ」

「ひとり四本だろ？　どうってことない。ナイジェリア最後の夜だ」

娘がやってくる前に、べつの来客があった。

ボーデウィヒ船長の会社のラゴス所長だった。出国しようとして、やはり足止めをくっているらしい。自宅はすぐちかくで、ふだんから中村とは交流がある。

「やあ、いいときに来られた。もうヤケですわ。さあ、どんどん呑んでください」

中村がグラスを差し出したが、男は真顔で固辞した。

「ボーデウィヒから葛西さんにメッセージが入りました」

「恢復《かいふく》されたのですか？」

葛西の胸に灯がともった。だが、男ははっきりノーといった。

「精神的なダメージが大きすぎて、まだ不安定な状態です。ただし、うわごとのようなものを何度も繰り返し、葛西さんには宿題がある、ぜひ話したいというので、看病している者がみるにみかねて、ドイツの病院から私に電話させたのです」

「宿題というと、葛西が彼を助けようとして暴行された件ですか？」

「いいえ」と男は中村をみた。「看病している者も、最初はそう思い、そのことなら、いずれ会社として葛西さんに充分な謝礼をするから気に病《や》むなといったのですが、そんな話じゃないといって聞かないのです」

「では何でしょう？」

「メタンハイドレートのことらしいのです」

わかるか？　と中村が葛西をみた。

葛西はうなずいた。体が思わず強張った。

「残念ながら、私はそれについて詳しくありません」と男はいった。「ですから、ただでさえ曖昧《あいまい》な彼の話を正確に伝える自信がないのです。しかし、一応ここに聞き取った内容のメモがあります」

男はポケットから手帳を取り出して読み上げた。

「ナイジェリアにもハイドレートがある。泥火山、ポックマーク。……いずれも意味不明です。冷たい湧き水。……これはわからんでもないですが、なんのことやら。それから、地滑りに気をつけろ。……辛うじて聞き取れたのは以上です。どうです、おわかりでしょうか」

「よくわかりました」

と、葛西はきっぱりと答えた。

胸を衝《つ》き上げてくる熱いものを抑えるのに苦労した。

「もし彼に伝えることができるのでしたら、葛西は充分注意するといっていたと話していただけませんか」

男はじっと葛西の目をみて、数秒、間を置いた。何かを訊きたげな表情だったが、追及しなかった。

「お役に立てれば、こんなに嬉《うれ》しいことはありません」と男は固い口調でいった。「まだ電話が通じるようなら、さっそく伝えましょう。もしダメなら、明日ドイツに帰り次第、一番で彼を見舞います。それも飛行機が飛べばの話ですが……」

中村はふたたび酒を勧《すす》めたが、男はもう一度、葛西の目を凝視し、固い握手を交わして去っていった。

国連難民高等弁務官事務所の女性が訪ねてきたのは、それから一時間あまり経ってからだった。

それまでに三人はもうすっかり出来上がっていた。

ふだんは、もう少し自制心のある中村も、異常な事態に平常心を欠き、おおっぴらに大使館や政府の批判をし、返す刀で自分をこのような僻地《へきち》に飛ばした本社の幹部への恨《うら》み言まで口にし、まるで水でも呑むように酒を呑んだ。

「どっちがアルコール依存症かしらね」

呆《あき》れていた夫人も、やがて夫唱婦随《ふしょうふずい》で似たような状態になった。もちろん所長夫人としての立場上、若い来訪者のあることを忘れるはずがないのだが、「ソファを貸してくれればいい女性だ」という言葉が気を楽にしたにちがいない。

「あなた、さっきは嘘をついたわね？」

二本目の高価なウイスキーが半分ほど空いたときに、夫人は葛西を詰問《きつもん》した。

「何がです？」

「しらばっくれないでよ」

夫人の蓮《はす》っ葉《ぱ》な言い方が、葛西はきらいではない。

「なんとかいう船長の伝言の意味、あなた、わからなかったでしょう？」

「…………」

「あの所長もそれに気づいたわね。あなたは船長を安心させようと嘘をついた。そうなんでしょう？」

「半分くらいはわかりましたよ」

夫人の酔眼が笑った。

葛西はボーデウィヒ船長の謎めいた言葉や、ＦＰＳＯにまつわる数々の出来事を思い返しつつ酒を呑んだ。いくらでも入るのだった。

そんな状態だったから、こんばんは、と現れた娘――平瀬千賀子《ひらせちかこ》と名乗った――を目にしたとき、三人は呆気《あっけ》にとられた。

愛らしいドングリ眼《まなこ》を持ち、しかも知的な雰囲気を漂《ただよ》わせる、どちらかといえば美人の部類に属する娘なのである。小柄だが引き締まった体つきをしていた。勝手にソファに寝転がせて置けばいい女にはみえない。

――なんでこんな娘が、こんなところに？

三人が三人ともそんな疑問を抱いた。葛西は長い間、心惹《ひ》かれる若い娘に会っていなかったのだと痛感した。

「こんなたいへんなときにご迷惑をおかけします。すみません」

型通り挨拶《あいさつ》したが、いささかも悪びれていなかった。物怖《ものお》じのしない、さばけた性格とみえて、勧められるままにウイスキーを呑み、料理に手を出した。

「わあ、クジラのベーコンや牛肉の大和煮なんて、何年ぶりかしら」

みごとな食べっぷりである。

「あなた、お食事は？　考えてみれば、みんなまだだったわ」

中村夫人は千賀子が一目で気に入ったようだった。彼女は日本に二人の娘を置いてきている。

「じつは昼から食べてないんです」

「ありあわせでいい?」

「もちろん。人間以外なら何でも食べられます」

「そうお? あなたなら人でも食べるんじゃない?」

夫人はハムエッグとコンソメスープを手早く作り、サンマの蒲焼《かばや》きや赤貝、ウインナーなどの缶詰を開け、秘蔵の常備食も取り出した。

「わあ」

と、千賀子は目を輝かせた。

「梅干しですかあ。長いこと食べてないわ」

「パンに梅干しもないけどね。日本人って海外に出ると無性《むしょう》に梅干しが食べたくなるみたいよ。もちろんわたしも……。これは葛西さんのお土産《みやげ》よ」

「葛西さんて、いい人なんだ」

「そうよ。奥さんがいるけどね」

突然、遠くで大砲の発射音が鳴り響いた。迫撃砲なのか、花火のような音も混じっている。葛西は思わず身構えた。

「追ってきたな」

中村がよろけながら立ち上がった。

「どうする?」と、葛西をみた。「ヘリを呼ぶか? いや、ムリか?」

「じきにやみますわよ」と千賀子がいった。「夜間、市内に突入してくることはないでしょうから」

梅干しをほぐしてその一片を口に含み、ウイスキーを呑んだ。

「あなた、平気なの？」

夫人が呆れた。

「まさか。怖いですよ」

「でも、平然としているようにみえるわ」

「ヘンな場所にばかり居るせいでしょうね」

「どこ？」

「ここの前はエチオピア。アメリカの攻撃で、ソマリアの難民が大量に流れ込んできたから……。なかには海を渡って逃げてきたイエメン人もいました」

「ここにはなんでいるの？」

「リベリア難民の救済です」

「アフリカ通なのね」

「いいえ、二ヵ国だけ」

千賀子は赤貝をパンに載せて食べた。

「うん、なかなかいける」

夫人は笑った。

「あなたが食べているのをみてると、とてもおいしそうね。普通はご飯に載せるんだろうけど……。ああ、わたし、何だかお寿司を食べたくなったなあ」

また大砲の音がした。

「おい、近づいて来てないか？」

中村が腰を浮かした。

「前とおなじよ」夫人は赤貝を摘んでウイスキーを飲んだ。「エチオピアの前はどこにいたの」

不思議な娘だ、と葛西は思った。いっしょにいると、こっちまで落ち着いてくる。夫人が砲撃が気にならなくなったように……。

「インドです」

と娘は答えた。

「チベット難民の救済？」

「そう。中国の弾圧は、それはもうひどいもので、チベット仏教の信者はみな拷問されて棄教《ききよう》を迫られる。日本人は他人事《ひとごと》と思っているけれど、世界で密教が生きているのはチベットと日本だけなんですよ」

「密教というと空海《くうかい》？」

と葛西は訊いた。

「ええ、天台《てんだい》宗や真言《しんごん》宗ね。チベットの人は日本人と似たような思想を持っているんですよ。だいじな友人なんです」

「百万人殺されたとか？」

「ううん、二百万を超えるでしょうね。だって民族絶滅が中国の目的なんですから」

千賀子はサンマの蒲焼きを食べ、口の中の脂を落とすかのように、ほっそりとした喉をみせてウイスキーを呑んだ。

「でも、インドの生活はここよりはマシだったんだろうな」

少なくとも、現地人にナイフを突きつけられて後頭部を殴られたり、銃撃に脅かされたりすることはないだろう。

千賀子は、しかし、意外な言葉を口にした。

「いいえ、ここは天国ですよ」

「天国？」

「だって、電気や水道があるじゃないですか。多少、濁っているけれど、お湯のシャワーだって浴びられる。インドのジャングルにいたときは、タンクに溜まった雨水をかぶっていたんですからね」

「…………」

「食事だって薄いカレーのようなものばかり。食べ物は寄生虫だらけ。ときどき虫下《くだ》しを飲むけど効果はないのね。私のお腹の中は、寄生虫の棲家《すみか》だったんですよ。でも、みんなそうだから気にならない。ちょっと下痢をするくらいね。ここでは、こんなものが食べられる」

千賀子は残っていた牛肉の大和煮を食べ、汁まで飲み干した。

「モノがいっぱいあって、日用品が買えるじゃないですか。インドにいたときは、歯《は》磨粉《みがきこ》を買うのも一苦労。そうそう、それにここでは活字が読める。ラゴスでの生活は、私の人生で最高の場所の一つよ」

「……あなた、凄い人ね。尊敬するわ」と中村夫人がいった。「でも、葛西さんにも武勇伝があるのよ」

夫人は葛西の制止を無視し、ろれつの回らない口で、あのいまわしい話をした。

「素晴らしい」千賀子は目を輝かせた。「なかなかできることじゃないわ」

「とんでもない。頭を殴られて気を失った。縛られて、小屋で恐怖に震えていた。それだけのことですよ。ハリウッド映画のようにはいかないな」

あの小屋の、へどや小便の臭いが葛西の嗅覚によみがえった。

砲撃の音が、千賀子のいった通り、いつの間にか止んでいる。夜間休戦というわけだ。その代わり、呑み過ぎて首をソファに預けた中村のいびきが響いた。

「だらしない男よねえ」と夫人がいった。「こんなんじゃあ、ソファに寝かせるのは千賀子さんではなく、こっちのほうよね。でも、わたしも酔ってしまったわ。主人を連れてベッドに行くわ。あなたがたはもう少し話していたら？　眠りたくなったら、千賀子さん、あっちのベッドルームを使って」

葛西は中村を運ぶのを手伝った。ベッドに横にし、蚊取《かとり》線香に火をつける。

「どんなお仕事をしているんですか」

二人だけになってから千賀子が訊いた。

さっきまでの砲音がなくなると、気味悪いほどの静寂が部屋を包んでいる。

葛西はナイジェリアでの一部始終を語った。話す前は、どうせ理解してもらえないだろうというためらいがあったが、しゃべり出すと止まらなかった。それに千賀子は聞き上手だった。そして、だれかに聞いてほしいという欲求が葛西にはあった。

「まあ、船長の救出にしてもビジネスにしても、結局、挫折《ざせつ》したってことだね」

自嘲気味にいったが、千賀子のドングリ眼に微笑が浮かんだ。

「私の仕事だって挫折の繰り返しですよ」

「でも、人の役に立っている」

「そうですよ、だって、そう思わなきゃやってられないわ。聖母マリアじゃないんだから……。ついでにもう一つ、高いお給料をいただいているから、それに報《むく》いなきゃって思う。でも、こうしたい、ああしたいという願いの百分の一もかなわないわ。敵は山や川の向こうのどこかにいるのじゃない。私の心の中にいるの。いつもみずからの挫折感との戦いなのよね」

千賀子は驚くほど澄んだ目で葛西をみつめた。

葛西の胸が、温かくて潤いのある感情で徐々に満たされた。ナイジェリアでの生活で、初めて訪れた異変だった。

「話をしたら、失敗も気にならなくなったよ。どうしてかな?」

千賀子はふっと笑った。

「あなた、ずっと会社の優等生だったのかしら？　そして弱音《よわね》をはくのを自重《じちよう》していた。ちがう？」

「そうかもしれないな」

「でも、人間だったらだれかに物語り、そうすることによって救われるのかもしれないわね」

「きみのような強い人でも？」

「ちっとも強くなんかないわよ」千賀子はウイスキーを少しだけ口に含んだ。「私も葛西さんと話していて元気が出てきたのよ」

窓の外に月が出ていた。星の数は日本とは比べものにならないほど多い。

「つぎはどこに行くの？」

と葛西は訊いた。

「中国の侵略と戦っている東トルキスタン共和国の隣国のどこかでしょうね。難民がいっぱいいるから」

「少しは日本で骨休めができる？」

千賀子は今度はウイスキーをたっぷり呑んだ。そして、少し迷ってからいった。

「私、あの国は好きじゃないの」

「何で？」

「魅力的な人がいない国になってしまったからね」

葛西もウイスキーを呑んだ。

「東京で会えるかな？」

千賀子は首をかしげていった。

「登山をしますか」

「いや、なんで？」

「山で知り合った相手と都会で会うと、たいてい失望するものなのよ。およしになったほうが賢明よ」

「でも、山で挫折した男は、都会では輝いているかもしれない。みたくない？」

千賀子は弾《はじ》けるように笑った。

それから葛西に身を寄せてきた。

抱きしめると、しなやかな量感が腕に崩れてきた。

しかし、すぐに葛西の胸を押し放し、頰にキスをした。そして、するりと立ち上がった。お休みなさい。そういってベッドルームに消えた。

三

正月の二日、加奈子が根津《ねづ》の家にやってきた。

左手で小振りのボストンバッグを持ち、右手には細身の体にはいかにも重そうに、新巻《あらまき》のサケとカニをぶら下げている。大晦日《おおみそか》に郷里の新潟《にいがた》に帰ったばかりだから、二泊しただけだ。

「もう戻ってきたの？」

そう訊くと、はにかむように微笑して居間に入りこんだ。

「明けましておめでとうございます」

きちんと正座して畳に手をついた。セミロングの黒い髪が肩先で揺れる。

「あ、おめでとう」俊介は慌《あわ》てて座り直した。「今年もよろしく」

「こちらこそ」

加奈子は澄ました顔をした。

俊介は台所に立って、いつか加奈子が持って来てくれた玉露《ぎょくろ》を淹《い》れた。

「……ああ、ほっとするわね」

お茶をすすりながら加奈子が息を漏《も》らしたので、俊介は思わず笑った。

「実家から戻って来て、ほっとするもないものだろ？」

「そうでもないのよ」加奈子は苦笑した。「生まれ育った家といっても、姉夫婦が入り込んでいるから、何となく身の置きどころがないって感じよね」

「やっぱりあれかな、早く結婚しろって、見合いを勧《すす》めたりするのかな」

「そうなのよ。いい加減、諦《あきら》めればいいのにね。それが田舎《いなか》も晩婚化があたりまえになっていて、この歳になっても口が掛かってくるのよねえ」

一息入れてから、加奈子は台所で羊羹《ようかん》を薄く切って、一つ皿に盛ってきた。

「これ、あんがいおいしいのよ。新潟の老舗《しにせ》でつくっているの」

「で、どんな相手だった？」

俊介は羊羹を食べながら尋ねた。

「なにが？」

加奈子は不思議そうな顔をした。

「だからさ、見合いの話だよ」

「なんだ、知りたいの？」

「うん」

加奈子は声を出さずに笑った。

「教えられないわ」

俊介は胸騒ぎがした。加奈子は面白そうな目で観察している。

「秘密なのか」

「ちがうわよ」

「じゃあ、何で？」

「だって、会わなかったんだもの」

「どんな人？」

「実業家らしいわよ。手広く事業をやっていて、旅館とかガソリンスタンドを持っているらしいわ」

「有能なんだ」

「どうかしらね。どうせ親の財産でしょう」

加奈子は羊羹を旨そうに食べてからいった。

「そんなことより、初詣《はつもうで》、済ませたの？」

「いや」

「どうしてあなたは無精《ぶしょう》なのかしらね。いいところがあるのに。……じゃあ、根津神社へ行きましょう」

疲れもみせずに軽快に腰を上げた。

家を出ると、三軒奥の老夫婦とかちあった。

家業は建具屋《たてぐ》で、ひとり息子が——といっても、今ではもう五十歳前後だが——商売に見切りをつけ、サラリーマンになって家を出たため、ずいぶん前に隠居している。その辺の事情は、大工の棟梁《とうりょう》だった俊介の祖父と似ている。

祖父とは一緒に仕事をしただけでなく、気心も合ったのだろう、近所付き合いをしていた。休みの日の夕刻などは、ふたりで仲良く縁台将棋をやっていた。

俊介は子供のころ、坊っちゃん、坊っちゃんと可愛がられ、遊び帰りなどにはアメやお菓子を貰《もら》ったものだ。

「おめでとうございます」

俊介が挨拶したのと殆《ほとん》ど同時に、ふたりが揃《そろ》って腰をかがめた。

「これからお参り？」

着物姿の奥さんが俊介に訊き、さりげなく加奈子に視線を移した。

「はい、ちょっと遅れましたけど」

加奈子が答え、それから、今年もよろしくお願いします、と頭を下げた。

お気をつけての声に送られて、言問通りに出た。

「あのご夫婦、俊介さんを慈《いつく》しむような目でみてたわね。まるで孫でもみるように」

「うん、そんなものだけど、ありがたいことだね」

「たまにお会いするけど、わたしのこと、何だと思っているかしら？」

「知らないね。訊いてみたら」

「いじわるねえ」

不忍通りは腕を組んで歩いた。

行き交《か》う人は、着飾って破魔矢《はまや》などを抱いている。老夫婦、家族連れ、みな晴れ晴れした顔にみえる。どこかで会ったような顔も混じっており、ちらりと加奈子をみて通り過ぎるとき、俊介は誇らしい気分になった。

「年末年始はどうしていたの？」

と、加奈子が耳元で囁く。

「会わなかったのは二日だけだよ」

「あれ、そうだっけ……。何だか久しぶりに会ったような気がするわ」

「足掛け二年ってやつだね。おれは書斎を片づけ、年賀状を書き、資料を読んでいた」

「どんな資料？」

「メタンハイドレート」

「何なの、それ？」

「深海底に眠る未来のエネルギー源だよ」

「難しそうね」

「ああ、さっぱりわからない」

根津神社の前の交差点を左折して、門前町の家並を両側にみながら歩くと、大鳥居に達した。石坂を上がって行くと、やがて間口五間ほどの極彩色の楼門がある。「根津神社」の扁額《へんがく》が掲げられている。

「門の左右に門番みたいな像があるでしょう？　それを随身《ずいしん》といって、老人は黄門さまを模したものなのよ」

「へえ、水戸《みと》光圀《みつくに》？」

「五代将軍綱吉《つなよし》がつくった神社なのよ。これができてから、あなたの住んでいる根津の街ができたの。感謝をこめてお参りしてね」

楼門をくぐると、境内《けいだい》には人があふれていた。

その先の拝殿《はいでん》の前には唐門《からもん》があって、斜めの格子《こうし》模様の透塀《すかしべい》が左右に延びて、社殿全体を囲んでいる。そして、拝殿の前には、拝礼を待つ長蛇の列ができていた。

「驚いたな、元日でもないのに」

「それがこの辺《あた》りのいいところでしょうが……。ねえ、この拝殿と奥の本殿を幣殿《へいでん》という相《あい》の間で結び、一つの屋根でまとめているでしょう？　この建築様式を権現《ごんげん》造りというのよ」

「ほう」

「みてみて、その柱の上部の唐獅子《からじし》の彫刻、みごとよねえ。それにほら、幣殿の欄間《らんま》の透かし彫り、あれも凄いわ」

「ぜんぜんピンとこないな。これに比べれば、まだハイドレートのほうが頭に入るよ」

「いやねえ、無味乾燥な頭の人って……」

「なあ、ちょっと教えて」と俊介は訊いた。「まったく関心の的《まと》がちがっても、愛し合う障害にはならないんだろうか」

加奈子は、やや出目の、澄んだ瞳で俊介をみた。

「ならないわね」

「じゃあ、どうして人は愛し合うんだろうか？」

「知りませんよ。そんな難しいこと」

やっと、拝礼の順番がきた。

肩を並べて拝んだ。加奈子は俊介の三倍の時間をかけて、何かを祈っていた。

横の門を出て、道一本隔《へだ》てた神社の裏手の小山には、小さな赤い鳥居がびっしりと何十基も並んでいる。丈《たけ》が低い上に狭いため、心持ち背をかがめ手を握り合い、肩を寄せ合ってくぐる格好になる。

「乙女稲荷《おとめいなり》よ」

加奈子が息を弾ませた。

「おれは権現造りより、こっちのほうがいいな」

俊介は指を絡ませた。

「ここに来るんだったら」と、加奈子がいった。「着物姿をみせてあげたかったわ」

「今度、ぜひ頼むよ」俊介はいった。「着物のきみをみていると、心がとても和《なご》むんだ」

加奈子は切なそうな目で俊介をみた。

「ねえ、さっき何を祈っていたの？　いやに真剣だったよ」

と俊介は訊き、加奈子は目をそらした。だが、指に精一杯の力を込めてきた。あちこちの老松《おいまつ》の陰で鳥が鳴いた。

「知りたいの?」

「うん、もちろん」

「願いごとは、話してしまうと叶《かな》わなくなるのよ」

「そんなことはないさ。強く願っていれば必ず成就《じょうじゅ》するもんだ」

加奈子は不安そうな顔をした。

「話して」

と、俊介はうながした。

「……このような暮らしが、長くつづきますようにって祈ったのよ」

そう加奈子はいい、俊介はその肩を抱いた。

加奈子は震えていた。何かに怯《おび》えているかのようだった。

第五章　官僚

一

「東京の夜はすっかり変わってしまったわね」

都営三田《みた》線を内幸町《うちさいわいちょう》で降りて、外堀《そとぼり》通りを新橋《しんばし》駅に向かって少し歩いてから路地に入ったとき、高井戸がつぶやいた。

「このあたりは、いつも人にぶつかりそうになるくらい混んでいたわ。機関車の置いてある駅前広場なんて、待ち合わせのサラリーマンで一杯だったけど、いまはホームレスだらけよね」

路地の立ち飲みの焼鳥屋には、仕事帰りの男たちが群がっているものの、人通りはかつての三分の一ほどもない。

「ねえ、覚えている？　入社したてのころは斎木さんと三人で、その裏の烏森《からすもり》の店によく行ったわ。居酒屋とか、おばさんが一人でやってるスナックとか」

「ああ、忘れないさ。そこで随分《ずいぶん》叱られたもんだ。おまえは甘いってね。あのスナック、まだあるんだろうか」

「さあ、どうかしらね。この界隈のバーやスナックは、ほぼ全滅だって聞いたけどな」

高井戸は俊介の腕に手をかけた。

「私ね、何が寂しいって、東京タワーのライトアップが中止されたのがつらいの。輝いているときは何とも思わなかったのにね。変かしら？」

佐沼がいるときには出さない甘い声だった。

「いや、べつに。案外、そんな女性って多いじゃないか」

「知っているのね、他にもこんなことをいう人を……」

「まあね」

「好きなのね、その女性のことを」

「たぶん」

「むこうは？」

「好きになるときもあるみたいだよ」

高井戸は鳩が鳴くような声で笑い、俊介の腕に胸を押しつけてきた。細い体の割には重量感があった。

「私、昔、好きだった男とタクシーに乗っていたときにね、彼がいったのよ。東京タワーの灯がこんなにきれいだとは知らなかったって」

「素敵な思い出じゃないか」

「まあね。でも覚えているのはそれだけよ。あとは全部忘れたわ。顔も体も声も……。なのに、どうしてそんな陳腐な言葉だけが記憶に残っているのかしら」

「知らず知らずのうちに、心の中で根を張っていったんだろうな」

「変なものね、人間の記憶なんて……」

駅にほど近い居酒屋だった。高井戸は奥の座敷を予約していた。

「あまり期待しないでね」

上座《かみざ》を空け、並んでお茶を啜《すす》りながら、釘を刺すようにいった。

「冴《さ》えない男よ。学部がいっしょだったけど、スポーツはやらない、小説も読まない、女性にももてない。でも、勉強だけはできた。それで官僚になった。それだけの男よ」

「いっしょにタクシーに乗った男じゃないんだな」

「当然よ」

「でも、きみに好意をいだいていた」

「そりゃそうよ。ちょっと声をかければ出てくるんだから。きっと、いまもてないんだわ。恐妻家にちがいない」

俊介は笑った。

「きみにかかると男は分子か原子に分解されちゃうみたいだな」

「あら」高井戸は流し目でみた。「興味のない人の場合だけよ。上杉さんのことは分解しないわ」

「分解に値《あたい》するほどの要素は持ち合わせていないからね。……彼はどの程度メタンハイドレートにくわしいのかな。そっちのほうは期待していいんだろう？」

「エネルギー庁で長いこと担当してるっていってたわ。どこからも声がかからないから動かないんじゃないかしら。きっと出世しないのよ」

「取材するにはそれだけで充分さ」

倉橋《くらはし》という官僚は、ぴったり時間通りに姿を現した。

上背は俊介よりやや高いが、胃腸が弱いのか、だいぶ痩せていた。黒々とした髪とは対照的に、顔の色はくすんで皺《しわ》深かった。何だかひどく疲れているようにみえた。高価そうなブラウンのスーツでめかしこんでいたが、紺かグレイのほうが似合いそうな男だった。

高井戸は科《しな》をつくってビールを注いでやった。

「電話でもお話ししたけど、こちらの上杉がメタンハイドレートの専門家を探しているの。倉橋くんが第一人者よって教えたら、ぜひお会いしたいっていうのよ。ご迷惑だったかしら？」

倉橋はたちまち相好《そうごう》を崩しかけたが、ぐっとこらえた。

「とんでもない。高井戸さんのお役に立つなら。でも……」

「でも、なあに？」

「用があるときだけじゃなく、たまには声をかけて」

粘っこい目で高井戸を舐めるようにみた。

高井戸は反射的に背筋を伸ばし、息を呑み込んで答えた。

「いいわよ。今週の日曜、デートしようか？」

みごとな呼吸だった。

倉橋はとっさに内ポケットに手を入れ、手帳を取り出そうとしたが、何かを思い出したらしく、悲しそうに首を振った。

「今週はダメなんだ」

「何で？」

高井戸は切なそうな声を出す。

「ちょっと野暮用が……」

「あ、奥様とデートなんだ」

「デートなんてものじゃないけどさ」

「何よ、独り身の女に誘わせといて、恥をかかせたわね」

声が別人のようにひっくり返っている。

「いや、そんなつもりじゃない。来週、いや、再来週はどう？」

「知らないわよ、そんな先のこと」

高井戸はそっぽを向いた。

俊介は舌を巻いた。こんな演技もできるんだ、まったく女ってやつは……。

倉橋は、まあ、そんなに怒るなよ、となだめ、高井戸の杯《さかずき》に酒を注いだ。ほんの一瞬にして、高井戸が主導権をにぎったのだった。

「すみませんねえ」

倉橋は照れくさそうに俊介をみた。

「お恥ずかしいところをおみせしてしまって……。この人、昔から怒りっぽいんです」

「いえいえ、仲のいい証拠ですよ」

「そうでしょうか」

「そうですとも」

俊介が酒を勧めると、倉橋は一口で呑み干した。

どうです、コップでやりませんかと誘うと、望むところだという顔をした。

「メタンハイドレートを雑誌で取り上げるんですか」

倉橋は酒を呑みながら、さりげない口調で訊いてきた。高井戸の手前、協力は惜しまないものの、おもしろおかしく書かれて自分に累《るい》が及ぶのは困るという官僚の保身本能がのぞいている。

「いいえ、何も決まったわけではないのよ」すかさず高井戸が横からいった。「まだまだお勉強の段階ね」

そうなんです、と俊介も倉橋の警戒心をほぐそうとした。

「エネルギー全体の勉強をしているうちに、メタンハイドレートなどという耳慣れない言葉にぶつかって困り果てているんですよ。なにせ、まるっきり科学音痴なもんでして……」

倉橋は、そうだろうな、と尊大にうなずいた。

「しかし、調べてみると意外な事実にもぶつかりました」

俊介はつづけた。

「たとえば燃料電池なんかがそうです。それを使って走っている車は三パーセントだというから、百台に三台はそうなんですね。それから、新築住宅の一割には燃料電池が設置されていて、冷暖房や給湯器に使われているとか。そんなに普及しているとは知りませんでした」

倉橋は軽蔑《けいべつ》する顔を隠さなかった。

「失礼だけど、マスコミの人は科学への関心がうすいようですね。対照的に、役人の汚職なんかは大々的に報じるし、特殊法人の整理や公務員の削減などはおもしろがって書きたてるけれど、本当に国の未来を左右する問題となると、あまり興味をしめさない。私なんかからみると、とてもバランスを欠いていますね」

官僚の本音を出してきた。

ここ数年来、財政悪化にともなう行政改革は急速に進み、公務員への風当たりは強まっている。給料は約三割カットされ、ボーナスや退職金は半分になった。公務員の数も三割ほど削減されている。

民間企業のリストラが慢性的になり、多くの中小企業でボーナスの支給されない状態が長くつづいているのを考えれば、ようやく民間レベルにちかづいてきたのにすぎない。税金で養われている立場を考えればむしろ遅すぎた改革だと俊介などは思うのだが、特権意識でこりかたまっている公務員にとっては容認しがたい事態なのだ。

だが、いまはその議論をするときではない。

「うちの雑誌は、これでも『ガイア』という名なのですから、おっしゃる通り、もうちょっと科学に力を入れなければなりませんね」

俊介がやんわりとかわすと、倉橋は高井戸をみていった。

「いやいや、いまのは一般論ですよ。おたくの雑誌の批判じゃない。高井戸さんの環境問題に関するレポートなんかは、なかなか鋭いですよ」

「あら、倉橋くんからはじめてほめられたわ」

高井戸はにこやかに笑った。が、次いで口にした言葉はきつい。

「でもね、雑誌がエネルギー問題を取り上げないのは、わかりやすい情報を出さない側の姿勢にも問題があるのじゃないかしら。知っているのはおれたちだけでいい、民間なんかに教えたって、どうせわからないだろうとバカにしてるんじゃないの？」

倉橋の顔に、一瞬、不快な表情が走った。

高井戸にしかできない、胸のすくような芸当だ。しかし、これでは取材にならないのではないか。だが、それは杞憂《きゆう》だった。

「高井戸さんにはかなわないなあ。いつもいいたいことをいう」

突き出しの焼きタラコを食べながら倉橋はぼやいた。

「倉橋さんは、たまにだからいいですよ」俊介はなだめた。「ぼくらは毎日やられてるんですからね」

「ねえ、上杉さん」倉橋は苦笑した。「どうして女性って、いいたいことをいえるんですかね」

「雑誌の用語を使うと、発言する前に自己校閲をしないからじゃないですかね」

「……なるほどそうか。でも、うらやましいな」

「まったくね」

高井戸が俊介にだけわかるように、まあ、うまいこと取りなすじゃない、と目配せした。あまり刺激するなよ、と俊介は合図した。

「それで上杉さん、メタンハイドレートのどんなことを知りたいのですか」

倉橋の言葉にわずかながら親近感がこもっている。

「何もかもわからないんですが、そうですね、あまり散漫でもいけないから、最近のわが国の取り組み方に焦点をしぼって教えていただけませんか」

科学雑誌の篠原が言及し切れなかった点だ。

「いいですよ」

倉橋は頭を整理するかのように、刺身を二切れ食べ、酒を呑んだ。

「ほぼ十年ほどまえに、かの旧通産省の肝煎《きもい》りで、日本メタンハイドレート開発計画というものがつくられたのですよ。ここらへんはごぞんじですか」

「いいえ、初耳です」

「それはフェーズ1《ワン》から3《スリー》までありましてね、フェーズ1は二〇〇六年までの計画で、わが国近海で探査をする。そして、メタンハイドレートの存在する有望地域を選定し、産出試験の実施場所を確定する——これは静岡県の御前崎沖がえらばれました。それから、陸上ではカナダで産出試験をし、生産技術を検証する」

俊介は皿をどけてメモを取りだした。

「フェーズ2《ツー》では、わが国近海での海洋産出試験をする。それからフェーズ3は商業的産出のための技術の整備、経済性の評価です。そして、これらの遂行《すいこう》のため、経済界ではガス、電力、重工、エンジニアリングなどの各社、それから大学や研究機関、そして政府や独立行政法人からなるチームが組織されました。メタンハイドレート資源開発コンソーシアムといいます。つまり産学官の総力を挙《あ》げたプロジェクトですね」

「失礼」と俊介は口をはさんだ。「聞きもらしたようですが、フェーズ2と3の期限はいつですか」

倉橋がちらっと変な目で俊介をみた。あんがい油断のならない男だな、と値踏みしたような感じがした。

「フェーズ2が二〇一一年、フェーズ3が一六年だったかな」

わざととぼけるような口調だった。

「つまり今年がフェーズ2の最終年ですね？」

「そういうことになりますかな」

「で、予定通りに進んでいるのでしょうか？」

倉橋は即答せず、味わうようにコップ酒を呑んだ。

「じつはメタンハイドレートの採取には二つの問題点があるんですよ」

倉橋が話題をすり替えようとしているような感じがした。が、勘違いかもしれない。倉橋の好むペースにまかせることにした。もっとも、ほかにやりようがないのだが……。

「どんな問題点ですか？」

「メタンハイドレートからガスを採取すること自体と、インフラの整備の二つです」

「それだけでは、ちょっと……」

「でしょうな。まず、採取のほうですがね、ひらたくいうと氷と結合している状態のメタンハイドレートを、どうやって分解してガスだけを取りだすかということですよ。理論的には、三つの方法が考えられています。一つは熱刺激法。深海に掘りさげた坑井《こうせい》から水蒸気や熱水を注入する。それによって低温の状態を解消して分解する。二番目は減圧法といって、メタンハイドレート層の下にあるガス——フリーガスといいますけどね——を取りだすことによって減圧する。三番目はインヒビター注入法で、塩類、メタノール、グリコールなどの反応抑制剤を注入して分解する」

「さっぱりわからないわよ」高井戸が横から無遠慮にいった。「私にも理解できるように説明して」

「そんな無茶な」倉橋はムッとした。「これでもわかりやすく説明しているつもりだよ。しかし、科学技術の話なんだから、専門用語は避けられないよ」

「科学的な知識のない人間にはわからないっていうの？」

「……そんなこと、いってないよ」

「いまのご説明は、メタンハイドレートが安定して存在できる二つの条件――つまり低温で高圧な状態――を解消して、ガスだけを分解して取りだすには、三つの方法があるということですよね？」

と、俊介は割って入った。

倉橋は救われたような顔をした。同時に、わかっているじゃないか、と警戒するような目つきをした。

「大雑把《おおざっぱ》にいうと、そんなところでしょうかね」

「大雑把でいいのよ」

高井戸がまた憎まれ口をたたいた。

「つまり、こういうことなの？　まず深海底に井戸を掘る。そして、そこにお湯を入れてメタンハイドレートを溶かし、ガスを採取する。これが一つ。もう一つ別の方法は、井戸からメタンハイドレート層の下にあるガスを吸い上げれば圧力が下がるから、メタンハイドレートが溶けて採取できる。三つ目は溶剤を入れて分解する。これでまちがってる？」

——頭のいい女だ。

と、俊介は驚いた。

さっぱりわからない、どころの話ではない。高井戸はほぼ完璧に理解し、なおかつそれを自分の言葉で具体的に表現できる。改めて高井戸の能力の高さを認識した。とてもかなわない。

「……なんだか、きみにかかるとすごく簡単に聞こえるな」

倉橋はふてくされたようにいった。

「簡単でしょうが……。井戸にお湯などをぶち込めばいいんでしょう？」

倉橋はやりきれないという目で俊介をみた。

倉橋に酒を注いでやりながら、俊介はようやく気づいた。高井戸は挑発することによって、できるだけしゃべらそうと意図しているのだ。

倉橋は煮物椀に箸をのばし、まずそうに酒を呑んだ。

「そんなに簡単ならだれも苦労しないよ。いまの三つの方法だと、井戸の中のガスの生産能力が思うように上がらなかったんだ」

「生産能力って何？　具体的にいって」

「つまりさ、一日当たり、どれだけガスを生産できるかってことだよ。地層一メートル当たり、日に六十立方メートルしかガスを生産できそうもなかった。一方、普通の天然ガスの井戸だと、十万立方メートルも生産能力がある。だからとても勝負にならないんだな」

「つまり、メタンハイドレートが思うように溶けないんですか」

俊介は高井戸流の用語を使ってみた。なるほど、このほうが自分でもわかりやすい。

「そうです」と倉橋がうなずいた。「だから、どうやって坑井内のガス生産能力を高めるかが課題だったのですよ」

「課題だったというと？」

高井戸が訊いた。いまは解決したのか、という意味だ。

だが、倉橋はその質問を無視し、俊介のほうをみた。高井戸を持てあましている、と俊介は理解した。

「以上がガス採取上の問題点です。つぎに仮にガスを取りだせたとしても、インフラ整備もまた大問題なのですよ」

「インフラ？」

「そう。陸上なら比較的整備しやすいし、あるいは海であっても、メキシコ湾のように在来型ガス田があってインフラが整っているところでは、輸送なども容易なのですよ」

「倉橋くん、インフラってパイプラインのことなの？」

高井戸がまた自分流に翻訳して訊いた。

「パイプラインのほかに海上採掘施設も必要だし、ガスを液化するならその設備がいるよ。もしパイプラインで流すとしても、なにせ深海のことだからね、大陸斜面でおきる地滑りがどんないたずらをするか見当もつかない」

「つまり、ガスの輸送方法が見つからないってこと？」

「研究中、といってほしいな」

「お金のほうはどうなんですか」

俊介は訊いた。

「それも悩みの種《たね》でしてね」と倉橋は答えた。「海洋開発は、陸上にくらべて十倍から百倍の初期資本投資がかかる、といわれています」

高井戸は、ふう、と溜め息をつき、思い出したようにコップ酒に手をのばした。顎を上げて、まるで水でも呑むように半分ほどを喉に流し込んだ。本気で呑みはじめれば、俊介などはとても太刀《たち》打ちできない酒豪だ。

「つまり、こういうことかしら？　ガスの採取方法の面でも、それから輸送の面でも、まだまだ課題が多い、と」

——じれているな。

と、俊介は感じた。

いつまでたっても展望がひらけないテーマにこだわらないのは、編集者に必要な資質だ。しかも、高井戸は知識も度胸も俊介より上だ。だが、いささか気が短い。それが欠点といえば欠点だ。

「まあ、そんなところかな」

そう答えた倉橋が、どういうわけか、ほっとしたように俊介にはみえた。それが気になった。

科学雑誌の篠原が、このところ情報が流れてこないと嘆いていたのが記憶によみがえった。

「フェーズ2では、御前崎沖で海洋産出試験をするということでしたね？」

俊介はむしかえした。

「そうですよ」

倉橋の体がこわばった。

「今年二〇一一年はフェーズ2の最終年ですが、現在までの状況はどうですか？」

「まずまずといったところでしょうかね」

倉橋はさりげなく答えて酒を呑んだ。が、眉間《みけん》に深い皺が寄っている。

「どんな具合ですか？」

「さっきあげた三つの方法や、もっと別の採取方法も試してみたけれど、まあ満足できる結果でしょう」

「ということは、メタンハイドレートは充分に溶けたのですか」

「産出試験レベルではね」

くどい、と不快な顔になっている。

「それでは、来年からフェーズ3に移って商業レベルに乗るような技術の整備はできるのですか」

「ですからね、それはこれまでの産出試験の結果を踏まえて、評価することになるのですよ」

「そうでしょうね。でも、倉橋さん個人としては、どのように展望されていますか」

倉橋は深く息を吸いこんでからいった。

「ほぼ計画通り進んでいくだろうと思いますね」

完全に官僚の顔になっていた。

倉橋と別れてから俊介と高井戸は、かつて斎木に連れていってもらった烏森の居酒屋やスナックを探し歩いた。

車など入れそうにない細い路地である。両側にびっしりと赤提灯《ちょうちん》の店やスナックが並んでいる。しかし、まだ九時すぎだというのに人通りは絶えている。

探す店はいずれも代替わりしていて、やむなく飛び込みでスナックに入った。カウンターだけの小さな店で、二人の中年サラリーマンがカラオケを歌うでもなく、焼《しょう》酎《ちゅう》を呑んでいる。何気ない視線を俊介に投げかけてきたが、高井戸をみると酔眼に力がこもり、顔中に好奇心が広がった。

「おきれいなかたね。何になさる？」

若いころはずいぶんもてたに違いないママが訊いた。

「そうねえ、ウイスキーにしようかな。ロックでちょうだい」

「まあ、お強いのね」

「そう、私、アルコール依存症なの」

「気に入った」横の男が声をかけてきた。「どうだろ、おねえさん、一杯おごらせてくれないか」

「冗談じゃないわ」とママが怒るふりをした。「自分のツケを払ってからにしてよ」

別の男が大声で笑っていった。

「じゃあ、おれがおごるよ」

「いただくわ」と高井戸が応じた。「主人にもおごってくれるんでしょうね」

二人はまじまじと俊介をみた。

「夫婦だったのか。じゃあ止めた」

今度はママがけたたましく笑った。

頬杖《ほおづえ》をついてウイスキーを舐めながら、高井戸が漏《も》らした。

「あんな調子じゃメタンハイドレートの商業化はまだまだムリだわね」

「……さあ、どうだろう？　きみの演技と誘導尋問には敬意を表するけど、倉橋さんはどの程度真実を語ったのかな」

「疑ってるの？　……もちろん官僚がすべてを話すなんて、私も信じちゃいないけど」

「でも、そういうレベルじゃないような感じがしたな」

「嘘をついていたっていうの？」

「いや、嘘はいっていないと思うよ。第一、大好きなきみとの関係上、嘘はつけないさ。嫌われるからね。きみの性分からすると激しく嫌われ、二度と会えなくなる。それくらいは彼だって計算できる。それに何といったって官僚だ。尻尾《しっぽ》をつかまえられないように言葉を選んでいた」

俊介もウイスキーを呑んだ。いやに苦《にが》い味がした。

「嘘をついていないとすると、何かを隠していた？」

「うん、異常に警戒していた」

「当初のメタンハイドレート開発計画通りに、ことが進んでいないのかしら。もしそうなら袋だたきにあうわね。巨額の資金を投入しておいてなんだ、エネルギー庁なんかいらない、つぶしてしまえって」

「ああ、それもありうるな」

計画が挫折しているなら、倉橋は懸命に事実を隠そうとするだろう。科学雑誌社の篠原のところに情報が流れてこなくなったのも、そう考えればつじつまがあう。

「……でも、何かちがうような気がするんだなあ」

「上杉さんは、もともと素直な性格なのに、このところ疑い深くなったんじゃない？」

「そうかもしれないな。メタンハイドレートなんてわけのわからないものを追いかけているせいか、いちいち立ちどまって考える癖がついたみたいだ」

「それはちがうわ。上杉さんは、いつだってそうよ」

「よう、ねえさん」

横の男が口をはさんできた。

「あんた、自分の亭主を上杉さんって呼ぶのか。本当は愛人なんだろう?」

「残念ながら外れよ」と高井戸は応じた。「私は愛人になりたいけど、してもらえないのよ」

「あんたみたいなベッピンでもか」

「そうよ。私は自信あるんだけどね」

「ねえ、教えてくれ。そっちの上杉さんて、どこが魅力なんだ? たいして男前ともみえないが」

高井戸は氷を鳴らしてウイスキーを呑み干した。

「自分の頭で考える人だからよ、他の人間とちがってね」

それから高井戸は、もう出ましょう、と俊介にいった。

「ここじゃあ、口説《くど》けやしないわ」

またママが笑った。

「またお二人でいらして。邪魔の入らないときに……」

一月の半《なか》ばなのに、夜風はさほど冷たくなかった。

「もう何年、暖冬がつづいているのかしら」

高井戸がそうつぶやき、二人は新橋駅で別れた。

二

高井戸や俊介と会った翌々日の午後三時、倉橋はエネルギー庁の野口《のぐち》長官に呼ばれた。さっそく出向いて部屋のドアをノックしたが、長官は電話の最中で、いやに丁寧なやりとりをしていた。出直しましょうかと合図すると、手で応接用のソファにすわれと指示された。

長官室は七階にあって、愛宕《あたご》通り越しに日比谷《ひびや》公園を見下ろせる。その緑に目を休めるふりをしながら、倉橋は電話の話に耳を傾けた。口調と内容からして、相手は経済産業相か官邸と見当がつく。

長い電話を終えてから、長官は倉橋に向かいあって腰をおろした。深い疲労感が細い体に漂っている。

その地位がわからない者には、長官は痩せぎすの、風采《ふうさい》のあがらない平凡な五十男にしかみえない。神経質で陰気な雰囲気がしみついており、およそ他人に好意をいだかせるタイプではない。

だが、ときおり射《い》すくめるような険しい目つきをし、人を人とも思わない傲岸《ごうがん》な態度をのぞかせる。長年にわたる高級官僚の生活によって自然に身についたものだ。気の許せない上司だが、自分を最も高く買っているのはこの男だと思うと、倉橋は当分の間はついていくしかないと覚悟している。

「たしか『ガイア』とかいったな。どんな取材だった？」

長官はショートホープを短い透明なフィルターに装着しながら訊いた。

予想外の質問で、倉橋は面食らった。まして深刻そうな電話のあとである。

思えば高井戸たちの取材を受ける前の夜、石油会社の接待に同行して銀座のクラブに行ったとき、ほんの時間つなぎのつもりで、長官に取材の件を話してある。だが、それが記憶に残っているとは意外だった。

「まずは当たりさわりのない一般的な質問でした。いますぐメタンハイドレートについて雑誌に書くのではなさそうです。まずはエネルギー全般のお勉強といったところでしょう」

倉橋は慎重に言葉を選んで答えた。

「その女性編集者は、きみと大学が同期だったな？」

長官は、また変な質問をした。

「はい、そうです」

「それなら優秀なんじゃないか」

官僚好みの、わかりやすい分類法を使った。

「そんな編集者を相手にして一般論ですんだのか？」

いやにしつこかった。だが、長官はむだ話をする男ではない。

「彼女に問題はありません」

警戒のあまり、不必要に力んだのがまずかった。すぐ揚げ足をとられた。

「じゃあ、いっしょに来た男はどうなんだ？」

長官は胸の奥深くまで煙草を吸いこんで、変な咳をした。

倉橋は上杉の顔を思い浮かべた。善良で如才《じょさい》ない男で、思慮深そうな目が印象的だった。高井戸は、あの目に惹《ひ》かれているのではないかと勘ぐると、ちょっとばかり妬《や》けた。

「しょせん素人《しろうと》です。核心には迫れません」

「そうかな」長官は首をかしげた。「素人が怖い場合もある」

「…………」

上杉にいくつか鋭い質問をされたような気がする。だが、それが何だったか忘れた。あの夜は、上杉にうまく勧められて、つい呑みすぎた。

「一層、慎重に運ばなければならなくなってきたようだぞ」

長官の目が険しくなり、倉橋は背筋をのばした。

「……といいますと？」

「広報への取材申し込みがふえているんだ」

うんざりするようにいった。

「新聞や週刊誌などマスコミの一部にも、だいぶメタンハイドレートという言葉が知られてきた。幸いにも軽佻浮薄《けいちょうふはく》なテレビはまだ無関心だがな……。最近では、科学雑誌の篠原とかいうやつが、しきりに接触したがっている。知っているか？」

「いえ、会ってないはずです」

「そうかもしれん。きみは特別な人間としか会わないからな」

皮肉に聞こえた

「……彼女はそんな女ではありません」

　つい、よけいなことをいってしまった。

「さあ、どうかな」

「いえ、本当です」

　こんな上司には、隠しごとをしないほうがいい。

「残念ながら男女の関係ではありません」

　長官は顔を皺だらけにして笑った。

「美人なのか」

「はい」

「しかも切れる？」

「たぶん」

「どんなやりとりだった？」

　倉橋は記憶をたどって説明した。

「結局、いまどんな段階にあるかは、教えなかったんだな？」

　長官は念を押した。

「もちろんです。採取のさいの問題点や輸送の困難さを、とくに力説しておきました」

「それでいい」

長官は断定した。

上杉から、倉橋個人としての展望を尋ねられたのを思い出したが、その報告は省略した。

「広報によると」長官は何かを考えながらいった。「篠原という男は、ずいぶん昔からメタンハイドレートを追いかけているらしい。御前崎の掘削調査にも立ち会っているというから、もう十年以上もまえからだ」

「……そうですか。ひょっとすると、私も会っているかもしれませんね」

「きみが忘れていても、むこうは覚えているという可能性もあるな。きみの話を聞きにくるかもしれん」

「広報を通すようにいいましょう」

「それで引っこむかな？　どうやら粘着的な性格の男らしい。あまりくどいので、広報はうんざりして情報をとめた」

「取材拒否ですか」

「それにちかいな」

「そんな人間には逆効果になりませんか」

「そこでだ、至急やってほしいのだが、この先マスコミにどこまでオープンにしたらいいか、広報で一本化できるよう打ち合わせてくれ」

「かしこまりました」

いささか過剰反応ではないかと思ったが、長官の勘の鋭さには倉橋も一目《いちもく》置いている。勘と警戒心で今日の地位まで登りつめた男なのである。

それに、こんな指示を出す背景には、きっと何かある、と倉橋は推測した。そして、長官がまだ何か話したがっているのを感じて、腰をあげなかった。

「……じつはな、いまの電話は経済産業省の事務次官からだ」

どこまで話すべきか迷った顔のまま長官がいった。

「官邸の督促《とくそく》がうるさくなっているらしい」

「開発のスピードを上げろ、と？」

いうまでもない、というふうに長官はうなずいた。

「次官は官邸の名を出したが、ほんとうのところ、もっとも焦っているのは経産省の大臣だろうよ。そのおかげで次官もピリピリしているんだ」

長官は他人事《ひとごと》のようにいった。彼は経産省事務次官の地位を狙っていたが、いまの次官との競争に敗れてエネルギー庁に飛ばされてきた。

「やはり産業界のプッシュが強まっているんでしょうね」

「そりゃそうだ」

長官はつまらなそうにいった。

このような危機的な状況の中でエネルギー庁の長官なぞになったのは、貧乏くじを引いたようなものだと彼は思っている。

「なあ、第一次石油危機のとき、きみはいくつだった？」

長官は二本目のショートホープに火をつけた。

「まだ幼稚園にも入っていませんでしたね」

「何だって？」

長官は目を剝《む》いた。

「そうか、それでは当時の騒動の記憶はないな。石油が足りなくなればトイレット・ペーパーが消えるというデマが流れ、主婦がスーパーに押しかけて買いこんだりしたんだ。それも山ほど買って、押し入れにも入りきらなくて困りはてていた。そんなのは知らんだろう？」

「はい、あとで知った程度です」

倉橋の母親も買いこんだくちだと聞かされたことがある。だが、打ち明ける必要はない。

「おれが経産省の前身の通産省に入る直前だった。テレビに映る主婦たちの顔をみて、女ってのは何てバカな生き物だろうと感じたものだ。こんな連中に選挙権を与えたのはまちがいだとも思った。その直感は正しかったな。日本の政治をダメにしたのは女どもだからな。彼女らのエリート嫌いのせいで、どれだけ有能な官僚が、とるにたりないスキャンダルのせいで失脚していったことか。業者の宴会に招待されただけで馘《くび》になった人もいる。この国からはエリートがいなくなってしまったんだ」

長官はいらだたしげに半分以上残っている煙草をもみ消した。

「しかし、きみとはずいぶん歳がちがうんだな。おれが働きはじめたころ、きみは小学校に通いだしたくらいの計算になるのか……。なるほど引退の時期が近いわけだ」

「いえいえ、まだこれからじゃないですか」

そういってやったが、倉橋自身その言葉を信じておらず、聞いている長官もまた信じていない。先はとっくにみえているのだ。

「一九七九年一月の第二次石油危機のあと、原油価格は一バレル当たり三十七、八ドルにはねあがったのを知っているか」

長官は話を戻した。

「役所に入ってから知りました」

「そうだろうな。で、その後原油価格は安定して、ざっと二十ドル前後で推移してきた。灯油がペットボトルに入ったミネラルウォーターより安い時代があったなんて信じられるか。それがいまや六十ドルを超えている。経済がもたたんのは当然だな」

まるで評論家のように突き放した口ぶりだった。

「いまの状況をマスコミは第三次石油危機とよぶが、バカもいいかげんにしてほしいな。それに、戦火の絶えない中東の安定のために、日本も貢献しろというにいたっては、狂気の沙汰《さた》だな。あの一帯が安定なんかするもんか。イスラエルなんかを建国させたのが、そもそものまちがいなんだからな。いくら中東原油に九十パーセントちかく依存しているからといって、問題の本質がわかっていない」

すぐに新しい煙草をくわえた。

「世界の去年の石油需要は三百三十億バレルだ。それにたいして生産は二百八十億バレル。差し引き五十億バレルが絶対的に不足している。中東の戦争のせいで石油が足りなくなっているんじゃない。第三次石油危機なんて呼称はまちがいだ」

「では何とよべばいいのでしょうか?」

「永遠の石油危機、だな。だから、もっと原子力発電に力を入れるべきだったのだ。それしか選択肢《し》はなかったのに、女に迎合する政治家やマスコミは、本質を直視するのをさけてきた。唯一《ゆいいつ》の被爆国だなどという情緒論に押されてしまったんだな」

原発の是非《ぜひ》について、倉橋は必ずしも長官と意見がおなじではない。

しかし、かつてはエネルギー供給の十五パーセントをしめていた原子力が、いま十二パーセントをきった影響は深刻だった。

そして、石油、石炭につぐ供給源である天然ガスもまた、価格の高さ、パイプラインなどのインフラの未整備などによって期待されたわりには伸びておらず、しかも主たる生産国であるアメリカやロシアは自国優先の方針を打ちだしてきた。

「こういうのを自業自得《じごうじとく》というんだろうな。長年のツケは、結局、国民自身がはらうしかないのだ」

長官は自嘲するようにいった。

「八方ふさがりになってしまった。それで、メタンハイドレート開発のスピードを上げろといいだす始末だ。おれたちに皺寄せしてくる。たまったもんじゃない」

長官はぐったりとソファに身をあずけた。体から力を抜き、放心した表情になると、そこらの定年間近のサラリーマンとなんら変わらない。

「……しかし、資源開発コンソーシアムのメンバーの意見はまだ一致していません。地質学者を中心に反対論も根強いものがあります」

長官は、そんなことはわかっているさ、と不機嫌な表情を浮かべた。しかし、何もいわず、視線を宙にさ迷わせた。糖尿と肝臓を病んでいる長官は、このところ仕事に対する意欲を喪失していた。

倉橋は、あまりに過激な反対論をとなえたために、コンソーシアムから追放された東北の地質学者を思い出した。あの人事を行なったとき、政府は確実に一歩を踏み出したのだった。だが、あの反対論に同調する学者が一掃されたわけではない。

同時に倉橋は、資源開発コンソーシアムの存在を上杉たちに教えたのはまずかったかと、官僚らしい後悔をした。

高井戸は昔から頭の回転が早かったが、それとおなじくらい割り切りも早い女だから大丈夫だが、上杉は、ああみえても、手を抜かずに取材するタイプかもしれない。倉橋自身がコンソーシアムの事務局を務《つと》めていると喉まで出かかったにもかかわらず、自慢しなかったのは正解だ。

「どのみち官邸や経産相の意向には逆らえない」

長官は苦りきった顔をしていった。

「経済が破綻してはこの国はおしまいだ、といわれたのではな。多少のリスクは無視しろということだろうな」

「そこまで明確にいっているんですか」

「まさか。はっきりと言葉にはしないさ。例によって抽象的で慎重ないいまわしだ。現下の危機的な経済情勢にも充分留意してくれ、という程度だ」

長官は立ち上がり、窓際に寄った。

「コンソーシアムの意見はいつごろ取りまとめられる？」

日比谷公園のほうに視線を向けたまま訊いた。

無茶な要求なのは百も承知のうえでの質問だった。

「私ごとき事務局に取りまとめられる範囲を超えていますが……」

返事はなかった。

しばらくして長官はつぶやいた。

「強引に取り運ぶしかないか」

倉橋は背筋がすっと寒くなった。

三

扶桑トレーディングは、持株会社である扶桑ホールディングスの傘下企業だ。電機、プラントプロジェクト、自動車、航空機、船舶・海洋構造物などをとりあつかっている。

扶桑ホールディングスは、数年前、総合商社二社が合併して結成されたグループで、売上高では首位の座を占めたものの、利益率は他の二グループより低い。経営陣の悩みの種は、株価も格付けも、劣ることである。

「総合商社などという業種は、もう消滅したな。かつての石炭がそうであったように」

葛西の上司である専務の大山《おおやま》は、いつも口癖のようにいうが、たしかにこの数年のうちに、下位の商社は専門商社化したり、あるいは営業譲渡によって消滅したりして、なんとか総合商社の面目をたもっているのは三グループだけになっている。

「まあ、むしろ、よくぞここまでもったというべきかな。商社冬の時代なんていわれてから、四十年以上経っているんじゃないか。あれは、おれが入社するまえのことだ」

そうはいうものの、大山の口調は少しも悲観的ではない。でっぷりと太った体にはいつも精力がみなぎっており、大きく恐ろしげな顔は、

――おれが会社を立て直してみせる。

という自信にみちている。

長年、大山の下で働いてきた葛西は、どんなときにも弱音《よわね》をはかない大山を尊敬しつつも、とてもついていけないと感じるときがある。大山は自分にもきびしいが、部下に要求する水準も高い。

大山は部下に二十四時間働くことを求める。そして、有給休暇などは、年に三日もとれればいいほうだ。

目標の数字を達成できずに、叱責されるのは日常のことだし、言い訳や手抜きは絶対に許さない。鬱病になるくらいはまだいいほうで、過労死した部下だっている。合併前後の早期退職者の募集のときなどは、会社に見切りをつけたというより、大山から逃げたいがために退職していったものも多く、大山が統轄する部門では人手不足になるという笑えない状態に陥《おちい》ったほどだ。

内乱という非常事態からやむなく引き上げてきた葛西にたいしても、もちろんねぎ

らいの言葉などはなかった。それどころか、

「なにやら余分な勇気を出して、つまらんケガをしたらしいな」

と、皮肉まじりにいうのである。

ナイジェリアの中村所長が、よかれと思って葛西の行動を大山にご注進におよんだのが裏目にでたのだった。

そんなことよりも許しがたいのは、大山が、

「あんな国にエネルギー資源を求める時代は終わったな」

と、無責任にいい放ったことだ。もとはといえば、ナイジェリアのガス採掘プロジェクトは、大山自身が強引に推進したものだった。だが、彼は自己反省などという軟弱な習慣は、これっぽっちも持ち合わせていない。朝令暮改は日常茶飯事だ。

それだけなら、またか、とあきらめもつくが、さらに、

「ナイジェリアの損失の分は、メタンハイドレートで取り返してもらうぞ」

と、ムチ打ってきたのは、いささか酷である。

——そんな無理難題を押しつけるくらいなら、メタンハイドレート専任にしてくれればよかったのではないか。

葛西は腹の底でそう思うが、口に出せないのは大山が怖いからだけではない。まし

て、部門の人手不足が依然として解消していないのを理解しているからでもない。

――葛西なら、ナイジェリア・プロジェクトのマネジメント程度は、さっさと片づけるだろう。

と、大山が評価してくれていたと自負するからだ。

まことに哀しいサラリーマンの性《さが》だと自分でも感じるが、これまで昇格や給与の面で厚遇されてきた経験が、それを幻想だとふりはらえないのである。

そんなわけで、葛西に休暇は与えられなかった。それどころか、帰国の翌日からメタンハイドレート関連の業務に忙殺された。

やるべきことは山ほどあった。なかでも扶桑造船との交渉ごとが多く、本社のある品川に通う毎日だ。

一般のマスコミにはあまり知られておらず、そしてまたメタンハイドレート資源開発コンソーシアムも情報を伏せているが、扶桑造船はメタンハイドレートから採取したガスを、ペレットという円筒状の固体にする技術の開発に成功していた。それも実験段階ではなく、商業ベースで採算に合うかもしれない画期的なものだった。そのための製造プラントや貯蔵タンクの製作と、運搬船の建造はすでに最終段階に入っていた。

これによって、メタンハイドレートの商業開発上の課題の一つはほぼ解消されつつあり、もう一つの課題であるガスの採取のほうも、コンソーシアムは目途《めど》をつけられる段階にあった。

葛西はナイジェリアの疲れをとる暇もなく仕事に没頭したが、世界で最先端の仕事にたずさわっているという実感と、もしこれがうまくいけば、日本のエネルギー危機を打開することができるかもしれないという期待とで、胸の高なりをおぼえる日々であった。

「……あなた、少し痩せたんじゃない？」

妻の芳恵《よしえ》が葛西の裸の胸を撫でながらささやいたのは、早朝、久しぶりにベッドをともにしたときだった。

「夜遅くまで働くのはしかたないとしても、土日もほとんど休んでないわ。それに呑みすぎよ。体をこわすわ」

葛西は芳恵の肩に置いた手に力をこめた。

「それにね、あなた、結婚するとき何ていったか覚えてる？　親父が亡くなって、みんな苦労したから、おれは家庭第一の人生を送りたいっていったのよ」

「……すまないと思っているさ」

「わたし、あなたがナイジェリアにいたとき、気が気でなかったのよ。内乱なんか起きるしね」

「おれもきみの夢をみていたよ」

作業船の船長室での仮寝のときだった。だが、あの襲撃の一件は芳恵に話していない。ときとしてヒステリー気味になる妻に聞かせられる話ではない。

「ほんとうに私の夢をみたの？　戦場から帰ってきたら、今度は経済戦争じゃないのよ。あなた、まるで一昔前の企業戦士みたい」

「ちょっとちがうんだけどな」

「ちがわないわ。私のパパとおなじ。だまされたのね」

芳恵は、ついさっきまでの振る舞いが嘘のように、葛西を突き放すようにして起き上がってパジャマを着た。カーテンごしに差しこんでくる薄明かりが、眉間に寄った皺を浮き上がらせている。

「わたしは我慢するとしても、香織《かおり》なんか毎日のように、あなたとどこかに遊びに行きたいっていってるのよ」

「…………」

「ねえ、今度の土日、勝浦《かつうら》へ行かない？　せっかくリゾートクラブのメンバーになったのに、このところ全然利用してないのよ」

葛西は少し考えた。たまには家庭サービスも必要だ。それに房総《ぼうそう》はもう花が咲き出しているだろう。ナイジェリアなど比較にならない穏やかな海をみて、のんびりするのも悪くない。

「うん、じゃあ行こう」

「ほんとう？」

芳恵の眉間の皺が消えた。

「今日すぐ予約するわ。でも、キャンセルなしよ。いいわね？」

その日の午後、葛西は大山に呼ばれた。いうまでもなく進行状況についてのご下問だ。大山の執務室は三十平方メートルほどの広さで、応接セットも備わっている。だが、部下と話すとき、大山は椅子に腰掛けたまま、事務机をはさんでやりとりする。短い報告を聞くときには部下を立たせ、長くなりそうな場合は机の前に置いた椅子にすわらせる。

もちろん、すわるほうが楽なのだが、部下たちは例外なく立っての報告を好む。長くなってネチネチやられてはたまらない。

部屋に入ると、どういうわけか、大山は応接セットにすわれと顎で指示したものだから、葛西はいやな予感がした。大山のあだ名は熊で、体をゆすって近づいてくると、まるで襲われそうな威圧感をうける。

ソファに浅く腰掛けた葛西が説明している間、大山はソッポを向き、窓の外のビル街に視線を漂わせていた。その表情からは機嫌がいいのかどうか読み取れない。

「一応、予定どおりというところですが……」

葛西はそう報告を締めくくった。批判されるべきところはなく、早く退出したい。しかし、大山はしばらく目をつむったままだった。そして、彼にしてはめずらしい言葉を口にした。

「予定どおりどころか、順調すぎるな」

ほめられたのか、と葛西は耳を疑った。

「だって、そうだろ？　今年二〇一一年はメタンハイドレート開発計画フェーズ2の最終年だ。有望地点での海洋産出試験とその評価をやる。来年からのフェーズ3で、いよいよ商業的産出に向けて技術を整備する。たしか、そういう計画だったんじゃないか」

「……おっしゃるとおりですが、深海掘削船『ちきゅう』の投入が予想外の成果をあげたりして」

「そんなことはわかっているさ。きみが扶桑造船といっしょになって、骨身を惜しまず働いたこともな。だが、開発計画はとっくにフェーズ3のレベルに達しているんだ。いや、それをすら超えているな。報告するときは正確な言葉を使え」

葛西は面食らった。順調にいって何が悪い？　難しい人なのは知っているが、ちょっとひどすぎはしないか。

「いったいどうしたんですか？」

葛西の言葉が尖《とが》った。

大山は眼鏡《めがね》をはずし、尻ポケットからハンカチを取り出して顔をぬぐった。脂性なのである。

「村木《むらき》のやつ、あちこちで成果を吹聴《ふいちょう》しているようだな」

と大山は意外な言葉を口にした。

「……部長が？　それはないでしょう。これだけ箝口令《かんこう》をしいているんですから」

「あいつは軽薄な男だ」と大山は吐き捨てた。「しかも何かと自慢したがる。商社マンの悪いくせだ」

村木部長は何でも自分の手柄にしたがる男で、葛西も虫が好かない。だから弁護してやる気などないのだが、村木がいいふらしている証拠があるのか？　欠席裁判をするのは葛西の流儀にあわない。

「周囲の反対を無視して、村木さんを部長に抜擢《ばってき》したのは専務ご自身ですよ」

葛西はたしなめた。

大山は目を剝《む》いた。虎ならぬ熊の尾を踏んだのだった。

「……きみは、ときおり無分別な言動に出る癖があるようだな。ナイジェリアで、ドイツ人の船長を助けようとしたのもそれだ」

怒りの矛先《ほこさき》が向かってきた。だが、まさかナイフを突きつけたり、後頭部を殴ったりはしないだろう。

「いや、待てよ」

大山は感情にブレーキをかけた。ただでさえ大きな顔がふくれあがった。

「そうか」と大山はつぶやいた。「きみは他人が窮地に立たされると、助けようとする。昔からそうで、おれはそんなところが大嫌いだった。偽善とまではいわないが、商社マンたるもの、それでは務まらないからな」

「自分でも向いていないと感じることがありますよ」

と葛西はいった。べつに開き直ったわけではない。

「そうだ、そのとおりだ」大山は絞りだすような声でいった。「第一、社内力学や人間関係についての勘が悪すぎる。これ以上の出世はむずかしいぞ」

脅迫にちかい台詞だ。だが、それも聞き馴れると、あまり効果がない。

「何があったんですか？」

と、葛西は水をむけた。

「何があったかって？　扶桑ホールディングスの皆川《みながわ》社長に呼ばれた。うちの加納《かのう》社長ともどもな。皆川さんにはメタンハイドレートに関する正確な情報が入っていた。だれかが流している」

ギョロ目が怒っていた。

大山は情報管理に神経質だ。情報を独り占めしたがる悪癖がある。

「村木は、昔、皆川さんの部下だった。知っているか？」

「知りません」

知りたくもない、と思った。

「だろうな。きみのような男には、そんな人事上のつながりなど興味がないはずだ」

「でも、扶桑ホールディングスにも、そろそろ知っておいてもらっていいタイミングじゃないですか」

「バカをいえ」

声が荒々しくなった。

「こう指示されたんだぞ。そこまでプロジェクトが進行しているなら、スピードアップして早く商業化しろ、と。それから、おなじグループの扶桑エネルギーの売り上げに寄与するように配慮しろとな。コンソーシアムの意見がまだ統一されていないのに、いい気なもんだ。連中、株価を上げて上位二グループに追いつくことしか考えてない。……いや、そうじゃないか、グループ全体の業績が悪いのかもしれんな」

「できることと、できないことがありますからね。まあ、早められるものなら努力してみます」

大山は、しかし、反応しなかった。

窓の外に目を転じた。武骨な顔のまわりに靄《もや》のようなものがかかっている。なにかをたくらむ危険な兆候だった。

「……皆川さんたちホールディングスの意向は、そういうことだ」

大山は言い捨てて立ち上がり、机のほうに歩きだした。

やや前屈みの大きな背中が、あとはおまえの責任だぞ、と告げていた。

第六章　怪光

一

土曜日の九時すぎ、葛西は船橋《ふなばし》の自宅から車を出した。

空は薄曇り。二月末なのに春のように暖かい日である。この数年、春の訪れはひと月ほど早まっている。

「ねえ、せっかく勝浦に行くのだから、もっと早くスタートできない？」

芳恵は勝手なことをいうが、この数ヵ月、葛西はほとんど午前様で、土日の出勤もまれではない。

――少しはおれの身になって考えてくれ。

そういいたいのだが、そのような気配りのできる性格ではない。そして、年々、それはあらわになっている。

しかし、今日は家族サービスなのである。出かける前から衝突することはない。

まず、芳恵の両親の家に向かう。

車で五分足らずの距離なのは、マンションを買い求めるとき、ひとりっ子の芳恵が両親の近くに住みたいと強く主張したからで、葛西にも異存はなかった。両親はとうに亡くなり、妹も嫁《とつ》いでいるから、自由に決められるのである。

生まれ育った千駄木か根津のあたりで暮らしたいと思わないでもなかった。だが、その反面、不幸な体験をした土地から離れたいという気分もあった。それで芳恵の言い分に引きずられたのである。

芳恵が実家との濃密な関係をたもち、しょっちゅう行き来しているのは苦にならなかった。むしろ、出張で世界中を飛び歩き、家を留守にすることの多い身としては、そのほうが安心というものだ。

芳恵の父親は電機メーカーを定年まで勤めあげた人で、律義で親切な性格だった。母親もまた気さくな人柄だ。葛西が気をつかう必要はなかった。むこうも婿《むこ》でもとったつもりか、葛西をじつの息子のようにあつかってくれていた。

——こんなわがままな娘を大事にしてくれるだけでありがたい。

酔ったとき、岳父がしみじみといったことがある。

葛西にとっての若干《じゃっかん》の不満は、芳恵が休日にふたりの子供を葛西に押しつけて、母親とショッピングや観劇に出かけることくらいだ。もっとも、葛西が土日も出勤をするようになってから回数が減り、芳恵はかなり欲求不満になっているのだが……。

葛西は一戸建ての家がならぶ住宅街で車をとめた。芳恵は玄関で待ちかまえていた母親に幼い雄太《ゆうた》を預ける。母親は慣れた手つきで孫をうけとめ、せいぜい楽しんでらっしゃい、と手をふった。

「きみは絵に描いたような理想的な家庭に育ったもんだな」

母親の姿がバックミラーから消えたとき、葛西は吐息をもらした。

「だから、生意気でわがままだっていいたいんでしょう?」

そうだ、そのとおりだ、といいたかったが、反対の言葉を口にした。

「とんでもない。とても素直で可愛いよ」

芳恵は、ふん、と鼻を鳴らしたが、まんざらでもない顔をして、右手で葛西の腿《もも》をさすった。長くつづいていた不機嫌は、ほとんど解消されている。

会社に行けばいくらでもやることがあり、大山からは意味深長な指示を受けていた。だが、思いきって出かけることにしてよかったと、葛西は車を走らせながら思った。この数ヵ月の埋め合わせに、二日間、芳恵にたっぷりサービスしてやろうと、けなげな決意をしていた。

葛西は房総半島を縦断して、国道二九七号線で勝浦に出るルートをえらんだ。途中まで小湊《こみなと》鉄道にそって走り、大多喜《おおたき》を経て勝浦に達する。

「私、海沿いの道がいいなあ」

芳恵はいつものように不平をいう。だが、勝浦に行くには、どのみち海のみえる道は少なくて、半島の野や丘の間を通らなければならないのである。そして、葛西はいかにも日本的な田園風景がきらいではない。芳恵も、いつしか香織を膝の上であやしながら、満ちたりた様子で景色をながめている。

勝浦には昼前に着いた。

駅前を通りすぎてトンネルをくぐり、明神《みようじん》岬の取っかかりに出た。

鵜原《うばら》理想郷とよばれる一帯で、昭和初期に別荘地として開発された。ガイドブックによると風光明媚《めいび》なところらしく、葛西はかねてから芳恵や香織にみせてやりたいと思っていた。

車を置き、岬の突端まで登っていく。老松の間に、斜面に張りついた別荘が数軒、見え隠れしている。「こんな古い家に人が住んでいるのかしら?」

芳恵は香織の手を引きながら訊く。

「いや、あまりいないんじゃないかな」

「私、こんなところで暮らしたくないわ。三日もすれば死んでしまう」

芳恵は都会にしか住めない女だ。名高いレストランで食事をしたり、ブティックでショッピングしたりするのを好む。絶えず流行を追い、ブランド品で身を飾る。それがまた、よく似合う女なのである。

坂道を登りつめると平坦地になった。急に視界が開ける。

少しばかり歩くと、いくつかの小さな岬と入江が複雑に組み合わされた地形が目に飛びこんできた。数十メートルの断崖が右や左にみえる。潮風が頬を撫《な》でた。

「わあ、きれい!」

香織が芳恵の手をふりほどき走りだした。

「待ちなさい、香織!」

芳恵があとを追った。

——これが幸福というものだ。

葛西は自分に言い聞かせた。父親が自殺するまで、このような家庭で育ったのだった。それを取り戻したいと願い、今それがかなっているのである。

崖の手前の広場で腰をおろして昼食にした。おにぎり、牛肉の大和煮やウインナーの缶詰。料理が嫌いな芳恵が途中のコンビニで買い求めたものだ。

葛西はナイジェリア最後の夜を思い出した。

あの非常時にも、似たようなものを食べたのがとても不思議に感じられた。国連難民高等弁務官事務所の娘は、いまどの国にいるのだろうかと考えた。むしょうに会いたくなった。

鵜原理想郷で一時間ほどすごしてから勝浦海中公園に向かった。

このあたりは暖流と寒流がぶつかりあって、魚の種類が豊富なところだ。誰かは知らないが知恵のある者が、海中に展望室をつくればいいと考えて、ふつうなら空にそびえるはずの塔を海に沈めた。水深七メートル。塔の窓からは、アジ、カワハギ、イシダイなど九十種類ほどの魚をみることができる。香織のお気に入りの場所である。

桟橋《さんばし》のようなものを渡って展望塔のプラットフォームに着いたとき、葛西はふと思いついて芳恵にいった。

「石油や天然ガスを海中からとる設備も、これと似たようなものなんだよ。規模は全然ちがうけどね」

「やはりプラットフォームがあってね、この塔にあたるのが掘削やぐらだな。その下にパイプが海底にまで伸びている」

「へえ、そうなの」

香織が、早く早く、と手を引っぱるせいもあるが、芳恵は無関心だった。これの何百倍もあるやつをナイジェリアの海に浮かべていたんだ、と語りたかったのだが、芳恵はいつも葛西の仕事に興味をしめさない。

二人は塔の中に消え、葛西はプラットフォームに取り残された。

穏やかな海である。桟橋のむこうに、緑におおわれた丘があった。ナイジェリアのプラットフォームからは、海以外なにもみえなかったのを思い出した。いつの間にか薄日が差している。

足下の海に視線を転じると、おびただしい数の白いものが浮いていた。

何だろう？ と目を凝らす。

魚の白い腹だった。大小取り混ぜた魚が、腹を上にして漂っていた。

葛西は不吉なものを感じながら塔に入った。

異変は海の中でも起きていた。

海中展望室には数多くの窓があり、そのちかくに餌をいれた籠《かご》をつるして魚を呼び寄せ、客にみせる仕掛けなのだが、ぜんぜん寄ってこないのである。

「どうして食べにこないの？　ねえママ、お魚さん、おなかがすいてないのかなあ」

香織に問われて、芳恵が困惑していた。

そればかりではない。いつもは悠々《ゆうゆう》と泳いでいる魚が、不規則な動きをみせている。まるで暴れているかのようだ。

「ねえ、あなた、何か変じゃない？」

葛西も答えようがない。

「もう出ましょう」と芳恵がいった。「なんだか気味が悪いわ」

「……変なものをみて思い出したんだけど、私、いやな話を聞いたのよ」

勝浦に戻る車の中で芳恵が声をひそめていった。香織は芳恵にぐったりともたれかかって眠っている。

「うちのマンションに弁護士一家が住んでいるのよ、おぼえている？」

「さあ、いつ会ったんだっけ？」

「会ってなんかいないわよ。私が前に話したの。あなた、いつも上《うわ》の空なんだから……。そこの子と香織、仲がいいのよ。もっとも、私はその奥さん、好きじゃないけどね。自慢話のひとつに、リゾート・マンションを持っているってのがあってね、何と場所は勝浦なんだって」

「ほう、偶然だな」

「ついうっかり、うちも時々勝浦に行くんですよっていったら、どこに泊まるのってしつこいの。しかたがないからリゾート・クラブの名を教えると、あら、あそこはおよしになったほうがいいわよって。よけいなお世話よね」

主婦たちの見栄《みえ》の張り合いがみえるようだった。昼下がり、お茶でも呑みながらおしゃべりに興じていて、そんな話になったのだろう。葛西は黙ってハンドルを握っていた。

「それでね、どうしてですかって訊いたら、あのリゾートホテルの七階から飛び下り自殺した人がいるんだって。中小企業の社長で、会社が倒産したそうよ」

葛西の視界から、房総の丘や海などの景色が消えた。父親が背を丸めて考えこんでいる姿が浮かんだ。

しばらく車を走らせていると、平瀬千賀子は、どれほどの数の死体と向き合ったことだろうかと考えていた。平瀬は芳恵と同年配だ。リゾートの話を競い合う女たちと、雨水をかぶって難民の救済にあたっている女。葛西は平衡《へいこう》感覚がくずれそうになるのを感じる。

「それだけならまだしも、その人がいうには、あそこには幽霊が出るっていううわさがあるんだって」

芳恵の甘ったるい声がつづいた。

「とくに銀行の人が泊まっていると、出るらしいのよ。そして、金を貸せ、取り上げた自宅を返せって迫ってくるんだって」

「………」

葛西は、ほとんど芳恵を憎悪した。

平瀬は何千、何万という亡霊に取り囲まれて暮らしているのではないか、と思った。芳恵のおとぎ話が癇《かん》に障《さわ》った。

「いやなら来なきゃよかったんじゃないか」

つい口調がきつくなった。

芳恵が横で驚いていた。

「そんな意味でいったんじゃないわよ。なにを怒っているの？　バカみたい」

芳恵はそれきり口をきかなかった。

頑固な女なのだ。強情で、わがままで、自己中心的な女だ。なんでこんな女と結婚したのか。

自分の母親が辛抱強《しんぼうづよ》く、質素で、古風な人だったから、つい正反対の女に惹《ひ》かれてしまったのではないか。最近、そう悔やむことが多い。

——おれたちは、いつか別れることになるのだろうか。

そんなことを考えているうちに、背の高いヤシの木が数本植えられているホテルのロータリーがみえてきた。

「ねえ、あなた」

芳恵が気を取り直そうとしていた。

「せっかく旅行につれてきてくれたのに、つまらない話をしてごめんね」

葛西は駐車場に車をいれながら、これまでの夫婦喧嘩《げんか》とはちがう種類の溝ができていると感じた。

「私だって幽霊なんか信じてないわ」と芳恵がいった。「でもちょっぴり怖いから、今夜は抱いて寝てね」

芳恵はふたりの仲が気まずくなると、いつもセックスで解消しようとする癖があった。

葛西は結婚した年にリゾート・クラブの会員権を買った。

結婚式の費用にでも充《あ》てたらいいと、芳恵の父親が少しばかりまとまった金をくれたが、派手な披露宴をやらなかったために浮いたのだ。

盛大な結婚式を望む芳恵との間にいさかいがあったが、両親がおらず、社内でのつきあいも極力避けている葛西の側には、招こうにも招く客が少ないため、芳恵のほうが折れたのだった。

「お父さんからいただいたお金は、将来、マンションでも買うときの頭金に使わせてもらおうよ」

葛西はそう主張し、芳恵もいったんは同意した。だが、そのうち新聞でこのリゾート・クラブの広告をみつけた。

「ねえ、安いでしょう？　百万円の会員権を買えば、一人一泊三千円で何回でも利用できるのよ。施設は関東一円に七ヵ所もあるの。あなたの好きな海沿いにもね。コンドミニアムっていうのかしらね、ベッドルームのほかにリビングもあって、ちょっとしたキッチンもついているわ」

「でも会社はそう休めないよ」

「あら、土日に使えばいいじゃない」

もとは芳恵の側から出た資金である。強く反対するわけにもいかない。葛西は分不相応としか思えない買物に応じたが、芳恵とは金銭感覚にへだたりがあるかもしれないと、そのときになってやっと気づいたのだった。

勝浦の施設は小高い丘の上にあって、どの部屋からも勝浦湾をながめられる。会員権の価格が妥当かどうかはわからないが、一般のホテルなら三千円では泊まれない。

夕食は食堂でとった。

底なしの不況の影響か、だだっ広い食堂に客は少なくて、ゴルフ帰りらしい浴衣《ゆかた》姿の中年客が八人ほどと、若い男女のカップルが一組だけだった。

料理は地元で採《と》れるものが中心だった。

「わあ、ママ、お魚が一杯」香織がよろこぶ。「ねえ、これカニ?」

「……伊勢《いせ》エビよ。こういうところでは、あまり大きな声を出さないの」

「このカタツムリの大きいのはなに?」

「サザエの壺焼きよ」

「ずいぶん豪勢だな。ぜんぶ食べられるかな」

葛西は目を見張ったが、芳恵は、だいじょうぶよ、まかせなさいといって、白ワインを一本取った。舌鼓《したつづみ》を打って食事に没頭し、ワインがほとんどなくなりかけたとき、香織が、わあ、きれい、と叫んだ。

「香織ちゃん」芳恵がたしなめた。「ダメよ。小さな声でお話しして」

「だって、ほら、あれみて」

海の上の西空が奇妙に明るかった。黄とも赤ともつかない色に染まっている。

「夕焼け？」

芳恵が葛西をみた。

「まさか。とっくに日は落ちてるよ」

「そうよね」

「お月さん、大きい！」

香織の指差す方向に、普段の三倍くらいの大きさで満月が浮かんでいる。

「ほう、素晴らしい！」

テーブルを二つくっつけて酒宴に興じていた中年客が一斉に声をあげた。

「やっぱり田舎はいいな。空気が澄んでいるから、こんなに大きな月がおがめるんだ。いや、星だって大きいぞ」

「でも、あの西空の明かりは何だ？」

「イカ釣り漁船の灯が反射してるんじゃないか」

ほんとう？　と、芳恵がまた葛西をみた。ちがうな、と葛西は答える。

「なんだ、ありゃあ！」

中年客が二人ばかり、椅子を鳴らして立ち上がった。

「……火の球《たま》だぞ！」

二人は足をもつれさせながら歩いて、窓に張りついた。

大きな赤い火の球が三つ、海の上を右から左に揺れながら動いていく。

「怖い！」

香織が子供用の椅子をまたいで、芳恵の胸に飛びこんだ。

食堂にいた全員が窓際に寄った。

「おい、ウエーター、あれはなんだ？」

中年客が窓際で呆然と海をみているウエーターに訊いた。

「……いや、みたことがありません」

「漁船の灯が海に反射してできたんじゃないか」

「この時刻、漁船はおりません」

みな息を呑んで、火の球の動きを目で追った。

奇怪な物体は、西の八幡《はちまん》岬のほうにゆっくりと流れるように移動し、そして、一つ、また一つと消えていった。

「あなた、あれって……」

芳恵がその正体をどう考えているのか、葛西にはわかった。

食事を早々に済ませ、部屋に引き上げた。

大浴場に行く気など失せてしまって、部屋の風呂に入った。自宅のマンションの倍くらいのサイズで、三人で入っても狭さを感じない。

「こんなときは、さっさと寝てしまうにかぎるよ」

芳恵の背中を流してやりながら葛西はいった。ついでに後ろから乳房をつかんだが、なによ、バカ、と振りほどかれた。

それから葛西は芳恵と備え置きのウイスキーの小瓶を一本あけ、ベッドにもぐりこんだ。抱いてくれといっていた芳恵は、葛西とは別のベッドで香織に添い寝した。

葛西はすぐに寝入った。いつでも、どこでも眠られる。そうやって葛西はハードな仕事の疲労を溶かしてきたのだ。

「……あなた、ねえ、あなた」

芳恵に揺り動かされて目をさました。

「さっきから犬がずっと吠えているわ」

つきあいきれない、と朦朧《もうろう》とした意識の底で思った。

「犬は月をみて吠えるもんだよ」

「それとはちがうわ」

「どうちがうんだ？　少し神経質になっているんじゃないか」

「実家で犬を飼っているからわかるのよ。とても不安で悲しそうな声よ」

暇をもてあました弁護士夫人とつまらぬ見栄の張り合いなんかをして、下らない話を聞きこんでくるのはやめてくれ、といいたかった。頭から毛布をかぶった。

「それに、ほら、猫も裏声で鳴いているわ」

「さかりがついたんだろう？」

「そうじゃないわ。実家では猫も飼っているんだから」

芳恵は毛布を引きはがした。

「ねえ、ちょっと外をみてよ」

起き上がり、二人で窓際に歩いていった。レースのカーテンを開け外の様子をみる。いやに大きな月が天空にあった。

「ねえ、聞いて。木の葉がザワザワと音を立てているわ」

「風が出てきたんだろう」

窓を開けて半身を乗り出してみる。季節はずれの生暖かい夜気が体をつつむ。だが、風はそよとも動いていない。なのに、クスノキやモミの葉が鳴り、低い植え込みの灌木《かんぼく》もざわめいている。

「ほら、あそこに何かがいるわ」

芳恵がおびえて肩を震わせている。

葛西は植え込みの陰に目をやった。何かが動く気配がした。が、すぐに消えた。暗くてよくわからない。

突然、後ろから光が当たった。

「キャア！」

声をあげて芳恵がしがみついてくる。ふりかえると芳恵の顔が恐怖にひきつっている。

蛍光灯がついていた。

香織のしわざかと葛西はみるが、ベッドで寝たままだ。

キッチンのあたりから、ゴトゴトという不気味な音がした。だれかが何かを動かしている。箱の中から出ようとする音。あるいは、箱をゆすって何かを探している音だ。

「だれかいるわ！」

肩をつかむ芳恵の手が痛いほどだ。

――幽霊？

葛西もそう思った。

鳥肌が立った。手近なところに、武器になるものを探す。

そのときだった。

突き上げてくる衝撃があった。二人は抱き合ったまま、床に崩れ落ちた。

リビングの隅の花瓶が倒れた。椅子が勝手に動く。吊した蛍光灯が揺れた。

「ママ！　怖い」

ベッドで香織が叫んだ。

芳恵はハッとわれに返り、必死の形相《ぎょうそう》で飛んでいった。

キッチンの食器棚からカップや皿が飛び出し音を立てて割れた。

葛西もベッドのそばへ行き、二人を蛍光灯の下から動かした。それから玄関へ行ってドアを開け放つ。閉じ込められてはかなわない。

「おい、地震だぞ！」

廊下の向こうから、食堂にいた中年客が声をかけてくる。酔いがいっぺんにさめた顔だ。

葛西は芳恵と香織にセーターを着せた。靴をはかせる。

もう一度、強い衝撃が襲ってきた。

どこかで窓ガラスが割れた。ブロック塀《べい》か何かが倒れる音がした。リビングのテレビが横滑りした。

「パパ、助けて！」

香織が叫ぶ。

「あなた、どうすればいいの！」

髪を振り乱した芳恵が、目を大きく見開いている。

葛西は揺れながらジャケットを着て、ボストンバッグに身の回りのものを突っ込んだ。

また震動がきた。だが、だいぶ弱まっている。

そして、七、八分後、揺れは潮が引くようにおさまった。

「もう、だいじょうぶ？」

半信半疑の顔で芳恵が訊く。

葛西はテレビをつけた。

——震源地は房総沖。マグニチュードは六・二。勝浦の震度は五弱。津波の心配はない。

そんなことをアナウンサーがしゃべっていた。

開けた窓からながめると、月が普通の大きさに戻っていた。

「……幽霊ではなかったのね」

香織を抱いた芳恵が、葛西に寄りかかってホッとした表情でいった。

「よかったわ、幽霊でなくて」

と、重ねていった。

のどかな女だ、と葛西は思った。嫌悪の情がこみあげてきた。

二

毎月最後の週は月刊『ガイア』の編集部は忙しい。

印刷所から送られてきたゲラを校閲がチェックして、それを俊介たち編集者が直したうえで筆者に返す。筆者から戻ってきたら、もう一度校正して印刷所に送り、再度ゲラをまつ。

手順としてはただそれだけのことなのだが、その前に雑誌全体の構成を考え、個々の原稿のタイトルや見出しをひねり出し、ゲラの行数を調整し、挿入する写真やイラストを手配するなど、やるべき作業はこまかい。

しかも印刷所の関係などで、俊介たちが仕事をする時間は夜間に集中する。したがって、寝る時間は朝の五時から昼前まで。通常の生活とは逆になる。これがほぼ一週間つづく。

その間はほぼ缶詰の状態で、出かけるところといえば、作業が遅れたときに時間を節約するため、出張校正と称して印刷所へ行くくらいだ。

「やれやれ、やっと終わったぞ」

佐沼が背伸びしながらいったのは、最終日の午後八時だった。

「俊さん、さあ、呑みにいきましょう。ぼく、この一週間、ほとんど呑んでないんですよ」

「いや、おれはいいよ。ちょっと疲れた」

「何をオジサンいってるんですか。ねえ、パッとフィリピンパブに繰り出しましょうよ。彼女らと遊んでいると気が晴れますぜ」

「あまり趣味じゃない」

「またまた。いいとこ、みつけたんですよ。銀座なのに高くない。朝の四時までやってますよ」

「とにかく飯を食おう」

ラーメン屋で俊介は野菜炒《いた》めでビールを呑み、それからチャーハンを食べた。佐沼はギョーザ、レバニラ炒め、春巻、ラーメンと半チャーハンを猛烈な速度でつめこんだ。その間、紹興酒を三合。

「よく入るなあ」

「なんのこれしき。この一週間、ろくに食ってないんですよ」

「いま何キロある？」

「九十キロちかいかな」

佐沼の背丈《せたけ》は俊介より五センチほど低く、百七十足らずだ。典型的なオジサンの体型だ。

「俊さんは何キロあります？」

「きみより三十キロ少ないな。……おい、三十キロって小学生低学年ほどの体重じゃないか。おれの体プラス小学生か。すごいなあ」

「なんだか気味悪くなってきました」

「そりゃこっちのセリフだよ」

それから行ったフィリピンパブの娘たちのウエストは、佐沼の太股《ふともも》より細いくらいだった。それなのに出るところは出ていて、バイオリンをさかさまにしたみたいだ。見ているだけで楽しいし、性格も陽気で明るいが、一時間もすると俊介は飽きてきて佐沼にいった。

「なあ、先に帰るよ。ゆっくりしてったらいい」

「高井戸とでも会うんですか？」

「まさか、そんな元気はないさ」

カラオケの音が高鳴るパブを出た。

根津に帰ったのは十一時すぎだった。

この時刻、不忍通りや言問通りでは、地下鉄の根津駅で降りて帰路を急ぐサラリーマンの姿をちらほらみかけるだけだ。そして路地を一本入ると、まったく人通りがとだえる。両脇の家並みは明かりが少なく森閑《しんかん》としている。下町の夜は早い。

暗闇の中で、俊介の家から灯が漏《も》れている。

玄関の引き戸を開けると、すぐに加奈子が迎えに出た。

「来るんだったら、電話してくれればよかったのに……」

靴を脱ぎながらいうと、

「その気はなかったのよ。電車が根津に着いたら、ついふらふらと降りてしまったの」

俊介の鞄《かばん》を取っていった。

「お風呂、沸いているわよ」

入浴してTシャツとジーンズに着替えると、タラバガニとキュウリとワカメの酢の物、薄く切った笹カマボコを載せた青菜のお浸し、トマトの色の鮮やかなサラダ、それにお新香が並んでいた。いつもながらの早わざだ。栄養のバランスも考えている。

「こんなものでいいわね。私もいただくわ」

俊介より濃い水割りを呑み、しきりに箸を使う。

「お仕事、順調なの？」

大盛りのサラダを四分の三ほどたいらげてから訊く。何も食べていなかったようだ。

「校了はすんだけどね、例の訳のわからない問題が、いつも頭にひっかかっているんだよ。変な領域に足を踏み入れちゃった」

「メタンハイドレート？」

「ぐうたら文系学生だった人間には、ついていけない分野だね」

これまでの取材内容を話してみた。退屈そうな顔をしたらすぐに打ち切る気だったが、加奈子はおもしろそうに聞いている。

「どう、何だか要領をえないだろう？」

話し終えて尋ねてみた。

「そんなことないわよ。あなたって難しい問題を他人から一度聞いただけで、そんなぐあいにまとめられるのね。才能だと思うわ」

「ありがとう。しかし記事にならない。書けてナンボの世界なんだからね」

「それはあなたのせいじゃないわ。話し手の方に何か事情があるのよ」

加奈子はちょっと神経症的なところがあって、戸締まりやガスの火などを異常に気にするが、その代わり神様は鋭い直感を与えてくれたようだ。

「どんな事情だろう？」

「わからないわよ。でも、どこか割りきれないんでしょう？」

「うん、もどかしいね」

「ということは、科学雑誌の編集者や役人のいうとおりには、ものごとが進んでいないんじゃないの？」

「じつは大失敗していたとか？」

その推測は何度も俊介の頭をよぎったのだった。巨費を投じて開発計画を推進してみたものの、失敗に帰していたというようなケースだ。篠原のところに情報が流れてこなくなったのも、それを隠蔽《いんぺい》するためだと考えればつじつまがあう。

「そうね、役人の考えそうなことよね。……でも、その逆はないの？」

意表をつかれた。

計画以上にうまくいっているケースか。

「しかし、それなら事実を隠す必要がないよ」

「そりゃそうよね」

加奈子は簡単に同意したが、その指摘はしぶとく俊介の頭に根を張った。

「でもさ、これ以上取材をつづけても徒労だという予感がする。メタンハイドレートを追いかけるのはやめようかな」

「うそおっしゃい」加奈子はうっすらと笑った。「自分が納得できるまでは仕事を放棄しない。それがあなたのいいところよ。誠実なのね」

「頑固なんだ。職人だった祖父の血を引いているからね」

酢の物を食べると、アルコールと煙草で麻痺《まひ》した口のなかが洗われるようだ。もうけっこう呑んできたのに、それはもう過去のことで、たったいま呑みはじめたばかりのような錯覚にとらわれた。

「この笹カマボコが載った青菜は何ていうの？　しゃきっとして、いやに旨いな」

「京菜《きょうな》よ」

「意外にウイスキーに合う」

「変わった味覚の持ち主ね。じゃあどんどん呑んで。明日はお休みなんでしょうからね」

「きみは？」

「そうもいかないわ。でも、私はこの時間まで呑んでないのだから、いつまでもつきあえるわ」

加奈子が泊まっていくつもりだと知ると、くつろいだ気分が胸に広がった。フィリピーナのパブとは好対照だ。あそこでは、うら寂しい気分になるだけだ。

半ば物置になっている隣り部屋のタンスには、つきあった時間の長さを証明するかのように、加奈子の衣類がずいぶんたまっている。二泊や三泊なら支障ない。

「でも、きみといると、二人ともアルコール依存症になって、酒が原因で死ぬような気がするね」

「あら、いっしょに死ねばいいじゃない。いやなの？」

冗談めかしていったが、加奈子の瞳には、ぞっとするほどの濃い感情がこもっていた。哀しみ、あきらめ、あるいは微かな怒り。そんなものが混ざりあった、黒曜石《こくようせき》に似た輝きをもつ瞳だ。

あどけなく開けた唇はウイスキーで濡れて、白い歯がのぞいている。

「死ねというなら、死んでもいいよ」

魅入られたように、思いがけない言葉が口をついて出た。

加奈子は腫《は》れぼったい目を俊介の後ろの空間に向けた。体から何かが抜け出し、蝶《ちょう》のように宙を舞った。

俊介は加奈子を膝の上に乗せて向かいあった。ほどよい重量感が心地よい。

「どうして死んでもいいなんていうの？」

放心した顔で加奈子がいった。かすれた声は潮騒《しおさい》のようだ。

「さあ、よくわからないな」

「私を愛しているから？」

「そうかもしれないね」

加奈子はけだるそうにグラスをつかみ、ゆっくりとウイスキーを呑みくだした。すぐ目の前で、白い喉が一個の生き物のようになまめかしく動いた。アルコールが食道を伝って胃に入り、体に染みていくのがみえるようだった。

加奈子はもう一度ウイスキーを含み、口うつしで俊介に呑ませた。ちょっぴり温かった。

おいしい？　と加奈子が尋ね、俊介は、もう一口、とせがんだ。それから、加奈子の胸を開き、乳房を撫でた。

「……いままで好きだった人が、急に嫌いになった経験がある？」

加奈子が訊いた。

「あったよ」

「昔、好きだった人と有楽町《ゆうらくちょう》で待ち合わせていたことがあるの。二階から外がみえるイタリアン・レストランだったわ。私、遅れてしまって道を急いでいたんだけど、レストランの近くまで来てふっと見上げたら、その人が一人で窓際に座っているのがみえたの。ぼんやり景色をながめていたわ」

俊介は薄桃色の乳首を吸った。加奈子は小さな声をあげた。

「そのとき、べつにどうっていうこともないのに、その人が急に嫌いになったのよ。いや、ちがうわ、その人を嫌いになっている自分に気づいたのね。ああいうのって、何なのかしら。……それからしばらくして別れたわ」

俊介は言葉を呑み、反対の乳首を吸った。加奈子は歌うような声を出した。

「おれたちも、いずれそうなるといいたいのか」

「ううん、そういうわけでもないんだけど……。ねえ、私のどこが好きなの？」

俊介をみおろす腫れぼったい目に力がこもっていた。赤い口紅がすっかり崩れている。

「さあ、どこだろう？」

俊介は首をかしげた。

「体？」

「うん、とても好きだよ」

「他には？」

「肌が合うんじゃないか」

「どういうこと？」

「いっしょに喜ぶことができる」

加奈子は照れくさそうに笑った。

「いつも合うって、めったにないらしいよ」

「知らないわ、そんなこと」

加奈子を愛していて、ともに絶頂に達するとき、俊介はたしかな手応《てごた》えと充足を感じる。……いや、それは加奈子を愛しているときだけだ。それ以外のときは、たとえ仕事に熱中していても、何かが物足りない。これは何なのだろう？

「きみと会っていると、いつまでもいっしょにいたいと思うよ」

俊介は加奈子のスカートに手をかけた。

加奈子は手伝うように腰を浮かせながら、哀しげな顔でいった。

「でも、じきに飽きるわよ」

「しかし、少なくともそれまでは飽きないさ」

「なるほどね、それは確かだわ」

そのときだった。

激しい揺れが襲ってきた。

加奈子は狂ったような目をして、俊介にしがみついてきた。

葛西が勝浦で遭った房総沖地震だった。

三

「どうして、こんなことになっちゃったんだろう？　よりによって科学音痴のぼくなんかに、地球温暖化なんて難しいテーマを振らなくたっていいのに……。こういうのは高井戸あたりにやらせりゃいいんですよ」

佐沼がこの日三回目のグチをこぼしたとき、つくばエクスプレスの車両は利根《とね》川を渡って茨城《いばらき》に入った。まだ三月になって間がないのに、四月中旬なみの暖かい日である。陽光が田園地帯に降り注いでいる。

月初めの週は月刊『ガイア』の編集者たちにとって憂鬱《ゆううつ》な会議がある。取り上げようとしている企画を発表しなければならないのである。佐沼がひねりだしたのは「ガイアの隠した桃源郷」というテーマだった。

編集長の斎木は、その日、食指の動く企画が上がってこないため、いささか苛立《いらだ》っていた。何だ、そりゃあ？　と、きびしい目で佐沼をみた。

「そろそろ行楽シーズンを迎えますよね。それで、これまで注目されていなかったスポットに光を当てようというわけです」

「もっと具体的にいえ」

「たとえばお花見の特集ですね。これまでのものは、これが日本一の桜だ、なんてやつばかり。そうではなくて、あまり知られていない場所を紹介するのです。秘湯とセットでやったらどうでしょう？」

「おまえが全国を取材して回るって腹だな」

「はい。できれば肌のきれいな女優さんをつれて……」

斎木の顔が険しくなった。

「バカ！　遊びじゃねえんだぞ」

いつもながら陳腐だわねえ、と高井戸が聞こえよがしにつぶやいた。

「地球温暖化をやれ！」

斎木は一方的に命じた。

「上杉、おまえも手伝え」

とばっちりは俊介にも向けられたのである。

俊介と佐沼が向かっているのは、いわゆる筑波《つくば》研究学園都市である。

つくばエクスプレスの開設にともなって守谷《もりや》あたりの市街地は発展しているもの

の、利根川をすぎれば電車の中からみえるのは田や畑が圧倒的に多い。ゆるやかな勾《こう》配《ばい》の筑波山が霞《かす》んでいる。

「俊さん、つくば市には何度行ったことがありますか」

「いや、初めてだよ」

「ぼくは三度目かな。もっとも学生のときですけどね。たしか常磐線の荒川沖《あらかわおき》駅で降りて、それからバスに乗ったんだけど、バスは日に何本もなくて時間をもてあました。荒川沖にはろくな喫茶店がなくて往生しましたわ」

「それに比べれば便利になったもんだ。なにせ秋葉原《あきはばら》から一本で、三十分ちょっとだからな」

「しかし、あそこは異様なところですよ」

「どんなふうに？」

「行けばわかります」

月刊『ガイア』の編集部にでも属していなければおよそ縁のない研究学園都市は、整然とした区割りになっていた。もろもろの研究施設を収容した、さして高くない茶色の建物が、広々とした敷地にゆったりと並んでいる。

「どうです、何もないでしょう？」

広い並木道にはほとんど人影がない。一台の自転車が二人を追い越した。車道を行き交う自動車のエンジン以外にもの音は聞こえない。

「あっちのほうに研究者用の低層マンションがあります。そこに住んで研究に没頭する。それだけ。そういう街なんですね。たぶんフィリピンパブもソープもないでしょう。連中、どうやって息抜きをするのかな。ぼくみたいな俗物にはとても住めない」

「おれでもムリだな」

「そりゃあ俊さんみたいな下町育ちには、根津あたりが似合いですよ」

守衛の詰め所の前を通って、地質や気候の研究所がまとまっている区画に入った。

「それでどの程度、温暖化のことがわかってきた？」

と、俊介は訊いた。

「全然」

佐沼は平然と答えた。

「全然？」

「二、三、資料に当たってみましたけど、さっぱり頭に入りませんね。とくに科学用語がダメ。ぼく、やっぱり耳学問の人なんですねえ」

気象学者のいる棟の受付嬢は、愛想がよく純朴そうな二十代の女性だった。

佐沼は来意を告げてから尋ねた。

「ねえ、ここで働いている人って、どこで食事するの？」

「食堂がありますけど、お弁当が多いみたいですよ」

「あなたは？」

「お弁当」

「遊ぶときは？」

「私、家は土浦《つちうら》なんです」

「土浦のどこ？」

「…………」

おい、行こうぜ、と俊介は佐沼の腕を取った。

「わざわざ筑波までナンパしに来てるんじゃないぞ」

エレベータの中で注意すると、俊さん、わかってない、と佐沼が口を尖らせた。

「何が、わかってないんだ？」

「あの子、退屈してたんですよ。話し相手がいないんでしょう。だから家のことまで訊かれて、とても嬉しそうだったじゃないですか」

「そうかなあ。おれには迷惑そうにみえたけど……」

「だから、俊さんは女心がわからないって評判なんですよ」

「きみと話していると自分がとっても未熟なように思えてくるな」

「そう、もう少し勉強しなくちゃあね」

気象学者の研究室は静寂な棟の五階にあった。

広い部屋に大きな机と応接セットがあり、三方の壁には書棚が並び、部屋の隅には資料をつめこんだ段ボール箱がいくつか転がっている。

理学博士の名刺を差しだした立原《たちはら》は五十代半ばで、顔の下半分に黒々とした髭《ひげ》をたくわえ、八の字形の眉も濃かったが、前頭部の髪は後退している。青いシャツにベージュのジーンズというスタイルは、アメリカに留学したときに身についたものなのか、けっこうさまになっていた。この研究学園都市よりも青山《あおやま》か六本木《ろっぽんぎ》あたりが似合いそうだった。初対面とは思えないフランクな物腰で二人を迎えた。

「『ガイア』とは、また素敵なネーミングにしたものですね」

俊介たちの名刺をみて、髭づらに微笑を浮かべた。あいさつがわりの言葉なのだろうが、俊介は微量の皮肉を感じた。

「お読みいただいたことがありますか」

最新号を手渡しながら佐沼が尋ねた。

「いや、ちょっと、専門外のものは……。でもまた何で『ガイア』と名づけたんです？」

「編集長の命名なんです。一人で勝手に決めました」

「ほう、いまどきめずらしい独裁者なんですね」

「そうです、鬼の斎木とよばれています」

「鬼ですか。いよいよめずらしい」

立原は愉快そうに笑った。

佐沼の取材方法は、いきなり相手のふところに飛びこむ無手勝流だ。年寄り相手だと意外に効果を発揮する。

立原は二人をソファにすわらせ、みずからサイフォンで沸かしていたコーヒーをふるまってくれた。

「どうぞ召し上がってください。私は中毒でしてね、日に十杯以上呑むんですよ」

「ぼくもそれくらい呑みます」

「ほう、お仲間だ」

「ただし、水割りですが」

立原は噴《ふ》き出した。

コーヒー好きだけあって、びっくりするほど旨かった。

そして、それ以上にうれしかったのは、立原が愛煙家であることだ。部屋にはタバコの匂いがしみつき、執務机の上の灰皿は満杯だった。

『ガイア』とつけた意図はどんなところにあるんです？」

立原はロングピースを吹かしながら訊いた。

「編集長いわく、いま人類は地球神ガイアの怒りに触れているのではないか、と」

「なるほど。ロマンチックな編集長なんですね」

言葉にこめられた皮肉の量が増したようだった。

「ロマンチックですって？　とんでもない。きわめて合理的な男ですよ」

「とんでもない」立原は佐沼の口まねをした。「あまり合理的ではないようですよ」

「なんでまた？」

「ガイアが怒っているなんて思えませんからね」

「…………」

佐沼は出端《ではな》をくじかれて言葉を失った。

「でも、さまざまな異常現象がおきてますよ」

俊介が代わりにいった。

「どんな？」

「われわれが調べようとしているのは地球温暖化の問題なのですが、現象面では中国の北部や南ヨーロッパなどの乾燥化はすさまじく、人間が住めなくなってきていますよね。これはまちがった認識でしょうか」

立原は首をふった。

「いまの例は人間の活動領域についての懸念ですか」

質問の意味がよくわからないが、そうだ、と俊介は答えた。

「これまでの研究では、温暖化すると極地方の温度は上がるものの、熱帯ではあまり温度が上がらないのです。ということは、全体として人間の活動領域は広がる。北海道や東北の寒冷地が利用可能になったり、スカンジナビアなんかが暮らしやすくなっている。やたらに目の敵《かたき》にされているけど、温暖化は悪いことばかりじゃないのですよ。乾燥化にしたって、地下水をくみあげてエアコンをつけていれば快適な生活をいとなめます。ラスベガスなんかがそうでしょう？」

この気象学者には、当然のように温暖化への激しい警鐘を期待していただけに、俊介はとまどった。だが、すぐに気を取り直した。異説を唱《とな》える学者のほうが刺激的でおもしろい。

「しかし、温暖化によって台風が増え、洪水、かんばつが頻発《ひんぱつ》するのではありませんか」

「いや、台風はむしろ減っていますね。洪水やかんばつにしても、どこまで温暖化のせいなのか、厳密に立証できているわけではない」

「では、こういう予測はどうなんでしょうか。二一〇〇年には、地球の平均気温が二度上昇し、海面水位が五十センチ上がる。これによって被害を受ける人口は九千万人とか」

「さあ、どうかな。そこまでいかないのじゃないかな。あと九十年あるわけでしょう、人類はもっと賢明ですよ」

「日本でも、さまざまな異変が生じていますよね」

佐沼が口をはさんだ。学者の冷静な対応に少しいらついている。

「杉の木が皇居や新宿御苑《しんじゅくぎょえん》で全滅したばかりか、東京中から消えたそうじゃないですか。花粉症がなくなったのは助かりますが……。それから、カエルがいなくなり、小鳥も減っている」

「それも温暖化が原因かどうかはわからないのですよ。大気汚染が原因かもしれないし、農薬の被害かもしれない。つまり、何もかも温暖化のせいにするのは、あまり科学的な態度とはいえないのです」

立原はタバコをもみ消し、すぐに次のに火をつけた。チェーン・スモーカーらしかった。佐沼はタバコを指でもてあそびながらつぶやいた。

「……弱ったな」

立原は、ハハハ、と笑った。

「なにも弱ることはないでしょうが。温暖化で人類が滅亡しなければ困るのですか」

「いや、まさか……」

「ガイアの怒りなんて文学的な表現をされたから、私は学者らしい厳密さを強調してみたのですよ。ほんとうは、あまり学者っぽくないのですけどね」

片目をつぶってウインクした。

「それとね、本音をいうと、何もかも温暖化のせいにするジャーナリズムや環境団体の風潮には、つねづね疑問をもっていましてね」

立原は腰を上げ、サイフォンを持ってきて、三つのカップにコーヒーを注ぎたした。軽快な動きだった。今日、何杯目のコーヒーなのだろうかと俊介は考えた。

「それにですね、温暖化の原因とされている炭酸ガスの増加は、長い地球の歴史からみれば、それほどでもないのですよ。二億四千五百万年から六千五百万年前の中生代は非常に温暖な気候といわれてます」

「恐竜が繁殖していた時代ですか」

意気消沈していた佐沼が、にわかに関心を示した。

「映画の『ジュラシック・パーク』のジュラ紀をふくむ時代でしょう？」

「そうです、よくごぞんじだ。あの時代は広葉樹が出現し、ソテツやシダ、松柏類《しょうはく》が地上を覆い、鳥や哺乳類が現れた時代です。その時代の炭酸ガスの濃度はどれくらいだと思います？」

「いまの倍くらい？」

「いいえ」立原は澄ましていった。「現在の十倍以上です」

「……………」

「つまり、人類の活動による炭酸ガスの増加など、たかがしれているんですよ。とてもガイアが怒るほどのものじゃありませんね」

編集長をつれてくればよかった、と佐沼がつぶやき、立原はまた、ハハハと笑ってからいった。

「もしガイアの怒りをいうならば、そうだな、恐竜が絶滅した六千五百万年前なんかがそれに当たるでしょうね。気候変動で三百メートルをこえる津波が陸地を襲い、空はチリにおおわれて暗く、長い冬がつづいて地球は寒冷化した。もっとも、この気候変動の原因は、ガイアの怒りなどという文学的なものではなく、十キロメートル級の巨大隕石《いんせき》の衝突だというのが通説ですがね」

「そうすると、この程度の温暖化で人類が絶滅することはありえない？」

「そういうことです」

「何だか嬉しいような、残念なような……」

「なんで残念がらなきゃならないんです？」

立原は不可解な生物をみるような目で佐沼をながめた。

「よくわかりました」と俊介はいった。「目から鱗《うろこ》の落ちる思いがしました。科学的な根拠もなく、おおげさに騒ぐなという先生のご指摘、ジャーナリストが注意しなければなりません」

立原が満足そうに二、三度首をふった。

「ところで、何千万年も昔の例ではなくて、もっと間近なところでは、温暖化や炭酸ガスの濃度はどうなっているんでしょうか」

俊介をみる立原の黒縁の眼鏡《めがね》の奥の目が、キラリと光った。

タバコをくわえたまま立ち上がり、論文集のようなものを持ってきて、中程のページを開いた。指先の動きが器用で、そのページをめくるのに、ほとんど時間を要しなかった。

波型の線を三本描いたグラフがあった。

「これは南極の氷に閉じこめられた空気の記録です」

「…………」

「南極に降る雪は空気をとりこんで積もり、やがて圧力を受けて氷になるのですよ。つまり降雪の時代の空気がそのまま保存される。ボーリングしてとりだした氷の中の空気を分析すれば、その時代の環境がわかるのです。……横軸が時間軸で、一目盛りが千年。だからほら、二十万年分の記録です。わかりますね？」

俊介と佐沼がうなずく。

「一方、縦軸は炭酸ガスなどの濃度と気温を表わします。そして、表の中央に三本のギザギザの線が、おおむね右肩上がりで描いてあるでしょう？　真中の線が気温の変化を示し、上のギザギザは炭酸ガスの濃度の変化です。この二十万年の間、温度や濃度が大きく変化してきたのがわかりますね？」

「三本の線とも山あり谷ありですね」

「そうです。それで間近なところでは、これらの線の一番深い谷は一万八千年前、最終氷期極寒冷期とよばれる時代です。そこから急に上昇しています」

「三本のギザギザが似たような山や谷を描いていますね」

「ああ、わかったようですね。つまり炭酸ガスの濃度と気候の温暖化の間には、なにか相関関係がありそうなのです」

「こういうことでしょうか」と俊介は訊いた。「一万八千年前から、炭酸ガスの濃度も気温も上昇し、現在もなお上昇中である、と」

「そういうことです」

「炭酸ガスが産業革命以降に増えるのは当然ですが、なぜ一万八千年前に急激に増え、一方では気温も上昇したのですか」

「不思議でしょう？」立原はおかしそうな顔をした。「それがわからなくて、学者はみな困っているのですよ」

俊介は食い入るようにグラフをみつめた。

「このギザギザの線の一番上が炭酸ガス、そして真中が気温ですよね。では、一番下の線は何ですか」

「ああ、それはメタンガスの変化を表わしています」

メタンガスか、とつぶやいたとき、俊介は胃袋が震えるのを感じた。

「……メタンハイドレートと関係があるメタンですか」

「当然、メタンハイドレートにメタンはふくまれていますよ。それがどうかしましたか」

もちろん、何が気になっているのかはわからない。ただ直観的に何かを感じただけだ。だが、何だろう?

「メタンガスも炭酸ガスや気候の変化とおなじ形のギザギザを刻んでますね」

そうですよ、と立原は気のない返事をした。

「先生、どうでしょうか」

沈黙しだした俊介に代わって佐沼がいった。

「温暖化をめぐるお話、とても興味深く拝聴いたしました。そこで、もし温暖化の危機を強く唱えている学者と先生との対談を企画したら、受けていただけますか」

「いいですよ、やりましょう」立原はきっぱりと答えた。「一般の方々にも、正しい認識を深めていただきたいですからね」

「ありがとうございます。編集長とも相談して、のちほどご連絡いたします」

「でもどうなんです?」立原はまた皮肉っぽい顔をしていった。「私の理屈は鬼の編集長のお好みには合わないのではありませんか」

「いやあ、最初は取材する相手をまちがえたかと思いましたよ」

研究棟を出て、芝生《しばふ》の敷きつめられた広場の間を歩きながら佐沼がいった。

「でも、だんだんおもしろくなってくるのだから、人の話は聞いてみるもんですねえ」

「それにさ、対談の話にもっていくなんて、きみもなかなかやるじゃないか」

「ぼくってあんがい編集者としての才能があるのかな」

「あるよ、大ありだ。自信をもっていい」

「俊さんは終わりのほうで元気がなくなりましたね。どうしたんです？」

佐沼の直感力はバカにしたものではない。

「メタンの話が出ただろう？　ここのところメタンハイドレートのことばかり考えているから、気になってしまったんだ。……それにしても、氷河期が終わるとき、地球が温暖化したのは当たり前だろうが、炭酸ガスもメタンガスも急激に増えた。なぜなんだろうな」

「あの先生、わからないっていってましたね」

「しかもさ、あのグラフによると、メタンガスの増加が一番すごかったろう？　ほとんど垂直の線を描くほど増えていた」

「そうでしたっけ？」

「メタンと温暖化とは、何か大きな因果関係があるのかな」

「じゃあ、対談ではそこらへんもやってもらいますか」

「ああ、でも、鬼が承知すればだけどな」

「それにしても、あの先生、鬼の反応まで予測するなんて、なかなか世慣れているじゃないですか。こんな研究所に置いておくのはもったいないですよ」


俊介と佐沼が守衛の前をすぎたとき、立原の机の上の電話が鳴った。

「はい、立原です」

「エネルギー庁の倉橋《くらはし》です。メタンハイドレート資源開発コンソーシアムへのアドバイスなど、いつもお世話になっています」

「いやいや、こちらこそ」

「電話で失礼ですが、先生、正式にコンソーシアムの委員になっていただける余裕はおありでしょうか。長官からご意向を打診するように命じられたのです」

「いままでどおりのアドバイス役ではふつごうですか」

「いや、それがちょっと……」

倉橋がいいよどんだ。

「正直に申しますと、欠員が一人生じたのです。それで先生はどうかということになりまして……」

「長官のご指名ですか」

「いえ、じつは大臣のほうからのようです」

「欠員というと？」

「仙台の先生が辞められることになったのです」

「室田《むろた》教授ですか」

「はい、そうです」

「どういう事情ですか」

「それは私にはわかりません。どうでしょう、大臣もぜひ先生をといっているようなのですが……」

何かあったな、と立原は直感した。室田は一徹で不器用な学者だ。

「いいでしょう。お引き受けいたします」

立原は即答した。

「ありがとうございます。助かりました。のちほど文書で依頼状を差し上げますので、よろしくお願いいたします」

まったく変な日だな、と電話を切ってから立原はつぶやいた。見ず知らずの編集者がメタンハイドレートについて触れたすぐあとに、こんな依頼がとびこむなんて……。

今日七杯目のコーヒーを呑む立原の目が野心で輝いた。

第七章　絶滅

一

まばゆいばかりに晴れ渡った春の昼さがりだった。

ヘリコプターからみる駿河《するが》湾には光が満ちあふれていた。青い海は太陽の無数の断片を反射してきらめき、白い航跡を曳いている何隻かの貨物船は静止しているかのようだ。清水《しみず》港の周囲の建物は玩具《おもちゃ》のようにみえた。

ヘリの左手からは、小さな入り江が入り組んだ西伊豆《にしいず》の海岸線が遠望できる。正面に開けているのは遠州灘《えんしゅうなだ》で、その手前の突端が御前崎だ。目指しているのは、その沖合五十キロの地点である。

風もなく快適な飛行だが、葛西にはいま一つ現実感がない。景色が穏やかで美しすぎるせいかもしれなかった。これとは対照的な、ナイジェリアの赤茶けた大地や濁った川の記憶は、まだ生々しく脳裏に焼きついている。

原住民に誘拐され、殴られたうえ粗末な小屋に放りこまれて、死の恐怖におびえたのは、まるで昨日のことのようだ。完成間際のプロジェクトを放棄し、撤退せざるをえなかったときの挫折感は、いまでも胸の奥にこびりついている。

悪夢のような日々だった。それなのに忘れられないのは、兵士から戦場の記憶が去らないのに似ているのかもしれない。

ナイジェリアには懐かしい思い出は何もなかった。ただ、脱出する最後の夜に語り合った平瀬千賀子に会いたいという思いは、日に日に募っていく。とくに妻の芳恵との間に、いさかいが生じたときがそうだ。砲撃の音が響かない場所で、もう一度、ゆっくりと、千賀子の話を聞いてみたい。なぜなのかは、よくわからない。

会社に入って十五年あまり、葛西はずっと利益を追求してきた。つきあってきたのも、おなじような人間ばかりだった。千賀子は、そのような範疇《はんちゅう》に入らない。難民の救済などという、利益とは無縁の生活を送っていた。

欲の薄い女であった。溜めた雨水で体を洗うようなジャングルでの生活にも耐えられた。ナイジェリアのラゴスは私にとって天国みたいな場所だ、などと驚くべきことをいった。そう、それに、日本人は好きではない、と平然といっていた。飾り気もなかった。どんなものでも旨いといって、むさぼるように食べた。化粧もしていなかったのではないか。

それらが、新鮮で強烈な印象を残したのかもしれない。

——いや、いや、それだけではないな。

葛西の頰に軽くキスをし、抱こうとする腕をすりぬけて、寝室に消えていったときの軽《かろ》やかな身のこなしが、憎たらしく思い出される。いま、どの国で、難民を救済しているのか、連絡の取りようがないのである。いま、どの国で、難民を救済しているのだろうか……。

そんな思いにとらわれながら、みるとはなしに眼下の景色をながめていて、葛西は清水から焼津《やいづ》を経て御前崎に至る海岸線に、異様な黒っぽい線が二本、水路のように延々とのびているのに気づいた。隣りあってすわっている扶桑造船メタンハイドレート・プロジェクト部の山崎《やまざき》の肩をたたき、それを指さしながら、ヘリのプロペラ音に負けないように大きな声を上げた。

「あの海岸沿いの線は何だろう?」

「え、どこ?」

山崎は葛西の膝ごしに身を乗りだす。

「ああ、あれは消波ブロックですよ」

葛西が意味を理解しかねているとみてとって、山崎は言葉をかさねた。

「東海地震が発生した場合の津波にそなえて、二重にブロックを積みあげているのです。かつて、あのイチゴ園のあるあたりは津波の大被害を受けたのですよ。もっとも、あそこだけじゃない。東海地方一帯は、消波ブロックや防波堤をきずいているのです。万里《ばんり》の長城のようにね」

おおげさな比喩《ひゆ》に、つい反発した。

「あんな程度の消波ブロックで、どの程度の津波を防げるんだろう？」

「さあ、十メートル級の津波には役にたたないんじゃないですか」

やがて沖合に目的物が顔をみせ、みるみる大きくなってきた。

ただし、ナイジェリア沖で葛西がかかわっていたものとは形状がまるでちがう。あれは四角形の構造物の中央部に掘削《くっさく》やぐらがのった半潜水型掘削リグ、俗にいう海上プラットフォームだが、この御前崎沖のものはいっぷう変わった貨物船のようなものである。

全長百四十メートル、幅二十五メートル、二万総トン。

それだけなら貨物船と異ならないが、中央には高さ八十メートルのやぐらがそびえ、クレーンが三本備わっている。

葛西は船首のヘリ・デッキに降り立った。

大きく背伸びして、潮風を思いっきり吸いこむ。

不思議なもので、海の風にあたると、体に沈殿していて決して消えることのない疲労が、いっとき薄らいだように感じられる。

かたわらに立った山崎が、笑みを浮かべて顎《あご》をしゃくった。その方向に目を転じると、思いもかけず、穏やかな海原の彼方に秀麗な富士山《ふじさん》があった。

ふいに、胸の奥から温かい感情がわいてきた。

いまさらながら、ああ、日本に帰ってきたんだという実感が葛西の体を満たした。

この海上構造物は単なるメタンガス採掘船ではない。

もちろん採掘のための設備はあるが、画期的なハイドレート製造装置を持ったプラント装備船とよぶほうがふさわしい。扶桑造船が最新の技術の粋《すい》をあつめて、やっと開発したものである。

メタンハイドレートの商業化にはいくつかの難問があった。

水と結合して固体の結晶となったメタンハイドレート層から、どうやってメタンガスを取りだすかは最大の難問だったが、もう一つ、採取したメタンガスをどのように搬送するかという問題も研究者たちの頭を悩ませた。

原油などの場合は海底パイプラインを使うことが多いが、その敷設《ふせつ》には莫大《ばくだい》なコストがかかる。

その上、このメタンハイドレート層は、大陸斜面のふもと近くにある。それも一千メートルの深海底の、さらに三、四百メートル下にあるから、予想外の危険がつきまとう。たとえば海底地滑りだ。それが、いつなんどきパイプラインを破損するか見当もつかない。そのため新たな搬送方法を考案するのが課題だった。

――採取したメタンガスを海上で液化すればいいのではないか。

と、考えた研究者がいた。

液化すれば、気体のガスよりも格段に輸送しやすくなる。しかも液化天然ガス（LNG）の運搬船は現実に存在した。だが、大きな欠陥もあった。液化にともなってエネルギーの三十五パーセントが失われるのである。ただでさえ多大な設備投資が必要な、深海底でのメタンハイドレート開発の採算はとれそうにない。

外国の学者のなかには、奇抜とも思える方法を考案したものがいた。

――海底に生産設備を設置し、採取したメタンを水と再結合させ、泥や岩石のまじっていない純粋なハイドレートを生産する。ついで、これをツェッペリン飛行船のような形のタンクに入れて潜水艦で陸地ちかくの浅い海まで運び、そこで安全に水とメタンに分離する。

だが、このアイディアは多くの科学者の批判をあびた。

――ツェッペリン飛行船と潜水艦か。まるでドイツ軍人の発想じゃないか。

そう揶揄《やゆ》した研究者の頭のなかには、深海底に生産設備を設置する危険性や、潜水艦で運ぶことの非効率性や非採算性への疑問があったようだ。

ただし、おなじころ、純粋ハイドレートをつくる方法に着目した別のグループがあった。その研究者たちは、それをさらに一歩すすめて、純粋ハイドレートを遠心分離機にかけ、脱水、乾燥、冷却の過程を経て、ペレット化したらどうだろうかと考えた。ペレットとは粉末を固めた白いチョーク状のものだ。

ペレットにすると、その一部が融解しても吸熱反応を起こし、自らが持つ水分が再度膜状に氷化し、急激な融解やガス化を起こさないという自己保存効果がある。

なにしろメタンハイドレートは、深海底のような高圧、低温の状況でしか安定しないというやっかいな性質を持つが、ペレット化すれば大気圧下でも常温でも安定している。

また、大小のペレットは隙間なく積みあげることができるから、通常の貨物とおなじような船舶輸送が可能だし、貯蔵するのも容易である。

この革命的な方法は、じつはメタンハイドレートのためにではなく、中小の在来型ガス田用に開発されたものである。ただし、製造プラントは陸地に設置するのを想定していたし、また実際にそのように使用されて急速に普及した。

——この製造プラントをメタンハイドレート用に改良し、船舶に搭載することによって、洋上でもペレット化できるように工夫したらどうだろう？

そう閃いたのは、まだ二十代後半の山崎だった。いまから十年ほどまえである。

——洋上でペレット化できれば、貨物船がそれを取りにきて、需要地まで運ぶことができる。金食い虫のパイプラインもいらなければ、ツェッペリン飛行船型タンクや潜水艦も不要だ。

この奇想天外なアイディアは、しかし、扶桑造船の社内では容易に受け入れられなかった。

第一、メタンハイドレート層からメタンを分解して採取する方法自体が、まるで見当のつかない時代である。メタンが取れなければ、純粋ハイドレートもペレットもつくりようがない。

だが、山崎は歳に似合わぬ一徹なエンジニアで、あきらめようとはしなかった。山崎と葛西は、五、六年前、ガス田用のペレット製造プラントの仕事をつうじて、知りあった。社内報告をせずに、ひそかにつづけている研究を打ち明けられた葛西は、ぐちをこぼしがちになる山崎をはげましつづけた。そして、商業上採算にあうかどうかなどという観点から、アドバイスを惜しまなかった。

「きっと山崎さんの研究は陽の目をみるようになるよ」

「そうでしょうかね？　幻の研究として永遠に葬り去られるのではないかと、夢でもうなされるんですよ」

「そんなことはないさ。いつかは日本人全員があなたに感謝するようになるよ。エネルギー危機から日本を救った人物としてね」

「葛西さんは変な人だ。話しているだけで何だか勇気がわいてくるな」

「いや、白状するとね、商社の営業なんてのは自分では何も生み出せないから、山崎さんのような才能のある人をはげますのが仕事なんだよ。そして完成したあかつきには、それを取り扱わせてもらって商売にする」

「いいですよ。これが商業化できたときには、すべて葛西さんにおまかせします」

そんな夢物語をして、何度、品川あたりの焼鳥屋で乾杯したことだろう。

そうこうするうちに、難問だったメタンの採取方法に関して、学者と石油会社の共同チームが画期的な発明をするに至った。そして、山崎のアイディアはにわかに脚光を浴びたのだった。

そのような過程を経て、このプラント装備船は完成したのである。

単なる掘削船にしかみえない船の内部に、世界でも類例のない「純粋ハイドレート及びペレット製造プラント」が、すっぽりと納められていることは、関係者以外ほとんど知られていない。それに陸地にパイプラインを敷設したり、また大規模プラントを建設したりするわけでもないから、公表しないかぎり気づかれる心配もなかった。

メタンハイドレート資源開発コンソーシアムが、いや、日本の産学官の中枢が、エネルギー危機から脱出するために、ようやく手に入れた切り札なのである。

——それが、いよいよ本格稼働しようとしている。

船体に入るべく階段を一歩一歩降りていく葛西の胸は高鳴った。

これが成功すれば、日本近海に眠っている百年分のメタンガスを採掘するのも、決して夢ではなくなる。いや、それどころか、世界中のあらゆる海で、これと同型の船舶が活躍する日も遠くないのだ。

葛西は、まずハイドレート製造プラントをみた。

製造タンク、循環タンク、スラリー流量計と循環ポンプ、そして制御盤が、ひとかたまりになって設置されている。ここには採取されたメタンガスと水が送りこまれてくる。まるで大きな実験室のようだ。

若い男が二人、制御盤をのぞきこんでいた。

「どう、順調?」

山崎が訊くと、一人が片目をつむって指で丸をつくった。

満足そうにうなずいてから、山崎は葛西に説明した。

「開発当初より三十倍の速度で、純粋ハイドレートが製造できるようになりました。攪拌《かくはん》・バブリング方式というのを採用した結果です」

胸を張るのは、山崎に許される特権だった。

ハイドレートをつくれば、次は加工プラントの工程だ。

生成槽から送り込まれた純粋ハイドレートは、遠心分離機にかけたうえで脱水、乾燥、冷却の過程を経て、円筒状のペレットになる。

「最初にペレット化を考えたやつは天才ですよ」

大きな脱水機のまえで山崎はいった。

「液化天然ガス、いわゆるＬＮＧの場合は、マイナス百六十二度の状態で製造しなければならないんです。それがペレットだとプラス二度でつくれるから設備が簡易なものですむし、消費エネルギーは液化の半分なんですよ」

何度となく聞かされた説明だが、葛西は調子をあわせた。

「たいへんな省エネプラントなんだよな」

「そうです。それに輸送も簡単でしてね」

「ＬＮＧだとやはりマイナス百六十二度前後で輸送しなければならないのに、ペレットはマイナス十度くらいで輸送できる。それに液体を運ぶのに比べれば、固体を運ぶのは楽だから、特別な船舶が必要ない」

「そうそう、すっかり覚えましたね。それと貯蔵設備も普通のタンクでいい。なにせ積んで置けばいいのだから」

「必要に応じて需要地に輸送したあとは、簡易なタンクで貯蔵し、必要に応じてガス化できる。備蓄も容易。昼夜の需要の変動や季節要因による変動に対応できる」

何度となくくりかえした会話を再現しているうちに、葛西はたまらなく楽しくなる。まるで自分も開発に参加したエンジニアになった気分だ。

「それに再ガス化したときに得られるのは、ＬＮＧが常圧なのに対して高圧だから、ガスタービンや都市ガス導管内でガスを送る動力を軽減できる。ガス貯蔵効率はパウダー、つまり粉状のときの倍。温暖化防止にも寄与します」

「何だかいいことずくめだな。それにしても、このプラントを船舶に搭載して、洋上でペレットを製造できるように考えたなんて、山崎さん、ほんとうにたいしたもんだ」

「いいえ、なに、うまく応用しただけですよ」

「それをいうなら、コロンブスの卵ってやつじゃないか」

ペレット製造設備のとなりの区画には、高さ十メートルほどの貯蔵タンクが五基設置してある。すでに試作された直径二十センチのペレットが、その一つに納められているのだ。本格稼働ともなれば、タンクすべてがペレットで埋めつくされる。そして、貨物船がこのプラント装備船に横づけし、ペレットを受け取る。それだけのことだ。

葛西と山崎はコントロール・センターに入った。

モニターがずらりと並び、航空機のコクピットを何倍も拡張したような細長い部屋である。たとえば掘削制御装置がある。エンジニアがすわっている操縦席のまえのモニターには、いま水深一千メートル、海底下三百メートルのメタンハイドレート層に達したロボット型掘削機から送られてくる情報が表示されている。

その掘削機は、何本ものパイプでかこわれた長方形のもので、岩をも砕く刃を持っているほかに、現在掘っている地層の状態を感知するセンサーを備えている。それに、みのがせないのが、噴出防止装置だ。メタンハイドレート層の温度が急に上がると、ガスが暴噴するガスキックが起きるため、ハイドレート層の高圧低温の状態を保ちながら掘り進む必要があるからだ。ガスキックが起きると、いかに巨大な海上プラットフォームといえども、一瞬にして猛火につつまれる。

掘削制御装置の横のモニターは、ハイドレート層へパイプで二酸化炭素を注入する状況を管理するためのものだ。このシステムは石油会社と大学の研究者たちが発明した。

ハイドレートは地層中に固体で存在しているため、単に垂直に海底下に井戸を掘っただけでは、天然ガスとちがって噴《ふ》き出してこない。

メタンガスと水の結合しているメタンハイドレートが安定しているのは、低温と高圧の条件下だから、これをガスと水に分解するために従来考えられた手法は、大別して三つあった。

一つは、水蒸気や熱水を注入したり地下ヒーターを使ったりして、メタンハイドレートを加熱する方法。すなわち低温の状態を解消するもので、熱刺激法といわれた。

二番目は、圧力を低下させる減圧法で、直接減圧する方法と、ハイドレート層の下部に存在するフリーガスを抜いて減圧する間接減圧の二つがある。

三番目が、塩分や溶剤を注入して分解するインヒビター注入法である。

しかし、いずれの場合も充分な分解ができず、したがって採算にあうようなガスは採取できなかった。

――ハイドレート層に二酸化炭素を注入して、そのときできるハイドレート生成熱を利用して分解してみてはどうか。

この画期的なアイディアを考案したのが、彼ら研究者だった。この方法によって、驚異的な量のガスを採取することに、世界で初めて成功したのである。

この採取法とメタンガスのペレット化を組み合わせたプラント装備船を設計したのが山崎の功績だったのである。

「どう、順調?」

山崎はモニターの画面をにらんでいる若い男の肩に手を置いてたずねた。

「はい、怖いくらいに順調ですね」

葛西たちは次のモニターに足を運んだ。

いま掘削している深海底の様子がライトで照らされ、数台のデジタルビデオカメラで監視されている。

水深一千メートルの海底で、小石のようにばらまかれたものや、何かうごめいているものがあり、葛西は引きよせられた。数字や表の羅列してある画面よりも、実物の映像の方がはるかに親しみやすい。しょせんエンジニアではないのである。

「あの小石はシロウリガイですよ」

凝視している葛西に山崎が教えた。

「こんな深海にもカイがいるんだね」

「そうですよ。冷湧水の周辺では、地中から湧きでてくるメタンを利用する化学合成バクテリアがいて、さらにそのバクテリアを体内に取りこんで栄養を得るシロウリガイ、ハオリムシがいるんです」

「……冷湧水というと、冷たい湧き水？」

誰かがそれについて触れていたのを葛西は思い出した。だが、誰だったか？

「そう、湧き水です」と山崎はつづけた。「興味深いのは、そのシロウリガイを食べるヒトデ、イソギンチャクも深海底にいるんですよ。ほら、あの動いているのがヒトデ。その右をみてください。じっとしているやつ。カニです。不思議でしょう？　こんな深海底に化学合成バクテリアがいて、それを餌とするカイなどがいて、さらにそれを食べるヒトデなどの生物が存在するなんて、ちょっと信じられないですよね」

「まったくだ、神秘的でさえあるね」

あいづちを打ってから、葛西は別のことをたずねた。

「メタンハイドレートに冷湧水はつきものなんだっけ?」

「そうですよ。いや、それどころじゃない。メタンハイドレートを探すとき、地震探査をするのはご存じでしたよね」

「ちょっぴりね」

地震波を起こして海底下の地質構造を推定する探査技術だ。第二次世界大戦中に開発された、対潜水艦用ソナー技術の応用である。

「メタンガスがさかんに噴き出る湧き水の周辺は、探査の有力な候補地なのです。堆積物中で生成したメタンの一部はメタンハイドレートになり、一部は堆積物から拡散して海水へ散ります。だから、メタンガスの湧きだす冷湧水周辺にはメタンハイドレートがあると推測できるんですよ。もちろん、この南海トラフにもあります。もっともこの画面からだと、ちょっとみにくいかな」

シロウリガイが群れている海底から、ゆらゆらと気泡が湧きだしているようにみえる。そのあたりが冷湧水の出るところかもしれない。

「あそこからメタンが放出されているんだろうか」

「そうですよ、わかりますか」

指さす葛西にいったのは、モニターをみながら二人の会話を聞いていた若いエンジニアだ。サービス精神からか、こうつづけた。

「もっとも、放出を示す証拠はあれだけではありませんけどね」

「たとえば？」

「ポックマークと泥火山クレーターですね」

――どうかしていた！

葛西は自分をののしった。

冷湧水やポックマークや泥火山のことは、ドイツ人のラゴス営業所長から、ボーデウィヒ船長の伝言として聞いたのだった。賊に襲われて精神に異常をきたしたボーデウィヒは、ドイツの病院のベッドにあってなお葛西に警告を発していたのである。

「それらはどんなものなの？」

葛西は急に喉に渇きをおぼえた。

「ポックマークはガスの抜け穴です。でも、地質学者が注目しているのは泥火山の方ですね。メタンなどを含んだ泥が地層中の割れ目をとおって海底に築いた山です」

「ここにもあるんだろうか」

「冗談はよしてください」エンジニアは語調を強めた。「火口からはメタンガスを噴き出しているんですよ」

「……………」

「ご覧になりたいですか」

「でも、ここにはないんでしょう？」

エンジニアは無愛想な顔で、なに、呼び出せばいいんですよ、といった。

モニターのキイを叩くと、ただちに画面が切り替わり、不格好に口を開けた、褐色の山のようなものが現れた。

「泥火山のサイドスキャンイメージといって、観測船から海底面に地震波を当て、それを映像処理したものです。口のようにみえるのがクレーター。直径は一キロメートルあります」

「そんなに？」

「小さい方ですよ」

またキイを叩いた。

図面が二つ浮き出た。さっきの映像とはちがって、上のはクレヨン画のようであり、下は鉛筆で描いたようにみえるが、両方ともおなじものを表現しているのがわかる。

「下の方がわかりやすいでしょう。すり鉢状の陥没がありますね。あそこからガスが抜け出したのです。この直径は十キロです」

「どこにあるの？」

「フロリダ沖です。船舶や航空機が謎の消滅をするバミューダトライアングルの近くなものだから、この陥没から噴出したメタンガスが船舶を沈め、航空機を撃墜したのではないかという説が流布《るふ》したことがありましたが関係ありません。なにせこのすり鉢ができたのは、何万年以上も前ですから」

「さっきの直径一キロメートルのはどこです？」

「ノルウェー沖のハーコンモスビー泥火山ですね」

ボーデウィヒが大津波のことを話していたのを思い出した。

「その泥火山と海底地滑りは関係ないのですか」

「ああ、ストレッガ地滑りですね。葛西さん、くわしいじゃないですか」

山崎も見直すような目で葛西をみた。

「でも、直接の関係はありませんね」エンジニアはきっぱりと言い切った。「もっとも、あのあたりにはポックマークや泥火山がたくさんあるから、ストレッガ地滑りとメタンハイドレートの関係に注目している学者はいます。ただ七、八千年も前に起きた地滑りですし、長さ八百キロメートルにわたるストレッガ地滑りが、メタンガスの噴出程度で起きるものかどうか……」

「もうひとつだけ質問していいですか」

「どうぞ、いくらでも」エンジニアは山崎の顔色を窺っていった。「ぼくはどうせモニターをみてなきゃならないんで、いくらでも時間はありますよ」

モニターの画面をもとの深海底に戻した。

「愚問でしょうが、ここでの海底地滑りの可能性は？」

エンジニアの顔がこわばった。

「……深海探査船で念入りに調査しています。まったくないでしょう」

腕時計をみると、もう東京に帰らなければならない時刻だった。

「失礼。おじゃましました」

葛西は山崎と甲板上に出た。温かすぎる潮風に包まれてから、下は適温が維持されているのだと気づいた。

「どうです、満足されましたか」

山崎が笑みを浮かべてたずねた。

もちろん、と葛西はうなずいた。この期《ご》に及んでつきつめる話ではない。まして長年の苦労がやっと実り、有頂天《うちょうてん》になっている山崎を相手に……。

葛西は山崎の肩を抱きながらヘリポートに向かった。

「楽しみです」と山崎はいった。「あとは資源開発コンソーシアムのゴー待ちですね」

「そういうことだね」

ヘリが飛び立つと、最新鋭のプラント装備船はみるみるうちに小さくなっていく。

——この船は、本当におれたちをエネルギー危機から救ってくれるのだろうか。

葛西は祈るような気持で凝視《ぎょうし》しつづけた。

目を前方に転じると、真っ青な空を背景に、白い衣装をまとった富士が、驚くほどの大きさになっていた。葛西の脳裏に、メタンハイドレート開発の話を告げたときの、ボーデウィヒの驚愕した顔が浮かんだ。

二

仙台は想像していたよりはるかに大きな都会だった。

駅の二階部分とつながっている歩行者用の広いコンコースの上で、俊介は目を見張った。周辺には三十階前後のビルが十棟あまり建ち並び、目隠しされて連れてこられたら、東京都心のどこなのかと戸惑《とまど》うほどである。

コンコースの下のロータリーでは、おびただしい数のタクシーが、よどみなく流れている。

「びっくりしたみたいですね。東京の人は東北は片田舎《いなか》だとバカにしているから」

仙台出身の佐沼が、自慢ともひがみともつかない口調でいった。

「この駅のコンコースを、千葉の柏《かしわ》などあちこちの街がマネをしたけれど、これほど機能的なものはつくれなかったそうですよ」

タクシーを拾い、みごとなケヤキ並木が枝を伸ばしている通りを、青葉山《あおばやま》に向かって走った。一番町《いちばんちょう》の繁華街をすぎると、右手に西公園がみえてきた。

「あれ、もう桜が咲いている。三分咲きといったところかな」

佐沼は窓を開けて、身を乗りだした。

「べつに不思議じゃないだろう？　皇居の千鳥《ちどり》が淵《ふち》は散りだしているんだから」

「そうおっしゃいますがね、ぼくが子供のころには、仙台で桜が咲きだすのはゴールデンウィークだったんですよ。まだ三月中旬でしょうが……。もっとも、テレビでは四月下旬から五月の気温だといってましたけど」

俊介は笑いそうになるのをこらえた。

「地球温暖化なんかを担当させられたから、柄《がら》にもなく季節の移り変わりに敏感になっているんだな。でもね、昔のころと比較するのは、あまり意味がないみたいだ。もう十年くらい前から、桜は三月に咲きはじめているよ」

「そうですよね。いつも花見をしそこなうのは、季節の固定観念にとらわれているからでしょうか」

「ちがうんじゃないか。花より女を追いかけているからだよ」

「なにいってんですか。俊さんだっておなじでしょうが」

「おれがいつ女を追いかけた？」

「知ってますぜ。ひんぱんに高井戸と呑みにいってるでしょう？」

「あれは仕事の打ち合わせだ」

「へえ、深夜まで？」

「そんなことより、室田《むろた》教授とは、また格好な人をみつけたものだな」

「そりゃそうですよ。鬼の編集長にああまで尻をたたかれたんじゃあ、ぼくだって真剣にならざるをえません」

佐沼から筑波の立原の意見を聞いた斎木編集長は、不敵にもニヤリと笑い、立原をぶっつぶせる学者を探せときびしく命じたのだった。ガイアは怒っていない、という立原のセリフがよほど気に入らなかったようだ。

「パソコンで検索してみたけどさ、室田教授という人は地質学が専門だが、海洋や気象はもちろん、エネルギーや人口など、いろんな分野に積極的に発言しているんだな」

「それで他の分野の学者からは、煙たがられているみたいですね。素人《しろうと》は口を出すなってね」

「学界のセクショナリズムってやつか」

「そうでしょうね。室田教授はそれにとらわれず、全然遠慮しない。それどころか挑発的でさえありますね」

広瀬川《ひろせがわ》を渡ると、道路は上り勾配《こうばい》になる。オフィスビルや商店は姿を消し、博物館やスポーツセンターなどの建物が目につく。左手は青葉城だ。

やがて、山裾《やますそ》の広いキャンパスに、大学の建物が点在しているのがみえてきた。学部ごとに棟が群れをなしているようだ。

理学部のある一画で車を降りた。

手入れの行き届いた芝生《しばふ》や木立ちが美しく、がっちりした白い枠組みのレンガ色の中層の棟が七つ八つ集まっている。

「これ全部、理学部なの？」

俊介が訊くと佐沼はメモに目をやった。

「そのようです。ええと、数学、物理、宇宙地球物理、化学、生物、地圏環境科学、地球物質科学の学科があるんですって」

「地学ってのはないんだ」

「おしまいのほうの二つに分かれたんじゃないですかね」

「室田教授は地圏環境科学になるのかな」

「一応そうみたいですけどね、そういう分類は気にしない人だと考えたほうがいいですよ」

探し当てた教授の研究室は、なかほどの棟の最上階にあった。

ノックすると、どうぞ、とよく通る声がした。

三十平米《へいべい》ほどの広い部屋である。

俊介は、実験器具の並ぶ部屋を予想していたが、まったく的《まと》はずれだった。目に飛びこんできたのはズラリと並んでいる七、八台のパソコンだ。そのほとんどが使用中で青白い光を放ち、講師か助手とおぼしき男女が三人、画面をにらんでいた。

二面の壁は天井まで届く書棚でふさがれ、びっしりと本や雑誌がつめこまれている。部屋の中央の大きな机は、乱雑につみあげられた雑誌や資料の山だ。窓際の室田のものらしい机もまた、書籍やパソコンで、ものを置くスペースすらない。

大机のかたわらに腰かけて、学生らしい若い男と熱のこもった議論をしていた室田が、俊介たちに目を向けた。鋭く、力のあるまなざしだった。

強い印象を与える学者である。

眉は黒く濃く、太い鼻とがっちりした顎、それに厚い唇は意志の強さをあらわしていた。肌の色艶《いろつや》はよく、どんなスポーツで鍛《きた》えたのか——少なくともゴルフなどではない——頑健そうな体つきをしていた。みごとな白髪がなければ、とても六十代半ばにはみえない。成功した経営者が持つ雰囲気に似てなくもないが、はるかに知的で、妥協《だきょう》を許さない真っすぐな資質をうかがわせるものがあった。そのくせ独特の吸引力を備えていて、部屋中の人すべてが室田とみえない糸でつながっているかのようである。

「お忙しいところ、失礼いたします。先日、電話を差し上げた『ガイア』の編集部のものですが……」

佐沼は室田の威に打たれたのか、めずらしく緊張していた。

室田はすっと立ち上がった。座っているときは大きくみえたのだが、意外に背は低い。学生のような男が礼儀正しく俊介たちに会釈《えしやく》して席をあけた。

「電話でも申し上げたのですが、地球温暖化に関する取材を進めております。地質学のみならず多分野にわたって発言され、その関連の著作も多い先生に、大局的な見地からご意見をうかがおうと思って参上いたしました」

室田に勧《すす》められて大机のそばの椅子に腰かけ、月刊『ガイア』の最新号をうやうやしく差し出す。

「毎号、拝見してますよ」

室田はサラリと応じた。

意外な言葉に佐沼が戸惑う。

「……ほんとうですか？」

「うん、なかなかおもしろいね。切り口がいいし、私なんかには書けない文章とまとめかたで、感心させられることがある。それにガイアとはいいネーミングだな」

愛想笑いを浮かべるわけではないが、親密さがにじみ出ていて、いっぺんに室田との距離が縮まった。

「ありがとうございます。もっともネーミングに批判はありますが」

「ほう、批判はどの方面から？」

「………」

筑波の研究所の立原だとはいえない。まして、佐沼自身もそう思った、といえるわけがない。

「地球神の観点から、いまの時代をみるコンセプトでしょう？　それがいいな。どなたの命名なの？」

「斎木という編集長です」

室田は名前を記憶するかのように小さくうなずいた。

「お時間のご都合がおありでしょうから、本題に入らせていただいてよろしいでしょうか」

佐沼はメモ帳を取り出した。多忙な室田からもらった時間は多くない。

「温暖化について、先生はどの程度深刻にお考えですか」

室田はまばたきをせずに佐沼をみた。陳腐な質問を切り出されてうんざりしたか、と俊介は危ぶんだ。が、とりこし苦労だった。

「ご質問の趣旨は、二酸化炭素、つまり炭酸ガスがもたらす温暖化効果をどう考えるか、ということでしょうね？」

室田はいやに律義に問い質《ただ》した。だが、何を確認しようとしているのか、俊介にはピンとこない。

「はい、そうですが」

「佐沼さん、私はこの問題をせまく考えたくない。まず第一に、温暖化効果よりも、ガスそのものの毒性のほうが重要だと思っていますね」

「毒性といいますと？　それはあまり注目されていないのではありませんか」

「いや、忘れているだけなのだな。光化学スモッグというのがあるでしょう？」

「夏に発生するやつですね。目や喉をやられて、子供が外出を禁じられたりする」

「ちょっぴり学者らしくいうと、自動車の排気ガスなどが、強い日光に反応してオキシダントという強酸化性物質を出す。いわゆる大気汚染物質です。だがね、佐沼さん、目や喉を刺激されるだけじゃない。呼吸困難におちいるのですよ。それくらい炭酸ガスは怖い。このまま濃度が高まると窒息死する。温暖化なんてなまやさしい話ではなく、人類が絶滅しかねないのですよ」

「……絶滅ですか。それはいつごろです？」

「ひょっとすると百年後かもしれない」

冗談をいっている顔ではなかった。

佐沼は困惑した目で俊介をみる。

俊介は佐沼に代わって訊いた。

「炭酸ガスの濃度が何パーセントになると窒息するのですか」

「生物学者は三パーセントになると生きていられないといっているね」

「いま何パーセントでしょうか」

「まだ〇・〇四パーセント未満だね。しかも、楽観的だが有力な予測は、二一〇〇年で〇・〇五パーセントとみている。いや、いや楽観的とはいえないかな。それでも気温は二度上昇し、海面水位は五十センチ上がるのだから」

「でも、窒息するまでにはいたらないのではありませんか」

「ところがね、過去の濃度の推移を解析分析法というので算出してみると、濃度は五十年で十倍になっているという計算が成り立つんだな。これだと、二〇八〇年には

○・三パーセントになる」
「いまのほぼ十倍ですね。そうなると、どんな影響を受けますか」

「○・五パーセントが労働衛生上の許容濃度だといわれている」

「働けなくなるのですか」

「八時間労働をするのはムリだろうね。そのころ、いまとおなじように働くことができれば、人類は幸運に感謝しなければならない。だが、ガスの濃度が何らかの原因で、これ以上の速度で増加すると人類は滅びかねないね」

その論理には飛躍がありすぎた。佐沼はメモを取る手を休めた。

「こんな発言をするもんだから、変人扱いされるんだなあ」

室田は俊介たちの気持ちを察したらしく、口許にあきらめきったような笑みを浮かべた。

「そして、専門家と称する人たちや、お役人に嫌われるんだ。でもね、生物史上、これまでに大きな絶滅が五回あった。みな、それを過去のできごとだと決めつけている」

「恐竜の絶滅なんかもその一つですか」

かろうじて佐沼が調子をあわせた。

「そう、六千五百万年前のそれが最後の大きな絶滅だね。隕石の落下が原因とされ、衝突の冬とよばれている。ただ、ガイア仮説によれば、地球は自分が生き残る都合で、生物をつくりだし、気に入らなくなれば滅ぼし、べつの生物にとりかえている。……まあ、ここらへんは、雑誌のタイトルにつけたくらいだから、ごぞんじでしょう。でもね、そんな大昔の五回の絶滅のほかに、一万年から二万年前にも、大きな哺乳動物が絶滅したことがある。トラの祖先のスミドロンやマンモスだ。そして、これら大型哺乳類の絶滅は、これまでの絶滅とは原因がちがう。何だと思いますか？」

大学に入りたての学生に訊くような調子だった。

首をかしげた佐沼に代わって、俊介はあてずっぽうをいった。

「人間が狩りつくしたのですか」

「そうなんだよね、みな食べちゃった。それがこれまでの絶滅と種類がちがう。そして現代、焼畑農業などの結果、森林が破壊され、日に二十から七十五種の生物がいなくなっている。そして、二〇一五年までに、十年前にいた動植物の六から十四パーセントが絶滅すると予測されている。人類はマンモスを食べつくしたように、間接的だけれど、それらを食べつくしつつある。まったく旺盛《おうせい》な食欲だね」

そのとき正午を告げるチャイムが鳴り、室田が表情をやわらげた。

「東京から来られて、そろそろお腹がすいたんじゃありませんか。ここの食堂でよかったらご案内しますよ」

「お願いします」

佐沼は遠慮せずに腰を浮かした。

室田が書類を整理する間、俊介は窓のそとをながめた。林や灌木の合間に、暮らしやすそうな規模の市街地がみえ、遠くに光る海があった。仙台湾なのだろう。

棟を出て理学部のキャンパスの入り口のほうに歩く。室田は早足で、ついていくのがやっとだ。やがて平屋の建物があり、入ると左手が学生食堂で、横目でのぞくと百五十人は収容できそうな規模だ。

右手の銀行のATMの前を通った先が教員用の食堂だった。すでに半分ほど埋まっており、女性が四、五人、きびきびと働いていた。レストランというよりは、喫茶店にちかい感じだ。

「定食、弁当のたぐいがありますが、お勧めはスパゲッティかな。種類が多い」

室田はボンゴレにし、俊介もおなじものにした。

「あのう、肉なんかもありますか」

と、佐沼がたずねた。

「ありますよ。ビフテキ?」

「マンモスの肉はないですよね」

誰も笑わず、佐沼は白《しら》けて、トンカツにします、といった。

「さきほどのお話のつづきですが、熱帯雨林の消滅が炭酸ガスの濃度を高めているそうですね」

想像したよりも旨いパスタをほおばりながら俊介は訊いた。

「うん。通説だね。みなが熱帯雨林の重要性に注目するのはいいことだけれど、やや不正確なんだ」

「と、いいますと?」

「熱帯雨林は、すでに炭酸ガスの吸収源ではなくて排出源になっている。その伐採《ばっさい》によって、森林がたくわえていた炭素が年間十五億トン大気中に放出され、これは炭酸ガスの総排出量の二割にもなっているんだね」

「そうですか。知りませんでした」

「十年間で日本の面積の四割相当が消えているんだ。なにせ伐採しても植林しないからね。それから、もう一つ不正確な点は、熱帯雨林以外の森林破壊の軽視だね。シベリアのような凍土で森林が切りたおされると、地肌が露出し、大気によって暖められて凍土が溶け、地表面の陥没がはじまる。そうすると、凍結していたメタンガスが大気中に放出される。ちなみにメタンは炭酸ガスの四十四倍の温室効果物質なんだよ」

思わず、フォークを持つ俊介の手に力が入った。

メタンが現れた！

「……メタンハイドレートの溶解によるメタンの放出でしょうか」

恐るおそる念を押す。

室田は怪訝《けげん》そうに俊介をみた。メタンハイドレートについて知っているのか、という目をした。

「そうだよ。メタンガスが何らかの原因で大量に放出されれば、温室効果はこれまで予想されている程度ではすまなくなるね」

「………………」

言葉を失った俊介にかまわず、室田はつづけた。

「でもね、森林の消滅も問題だけれど、もっと怖いのは海だ。大気圏の五十倍の炭素が蓄積されているからね。温暖化によって、水深一、二キロメートルの海に溶解している炭酸ガスが排出されれば、どんなことになるか見当もつかない」

「やっとわかりました」と俊介はいった。「さまざまな不確定要素があるから、炭酸ガスの濃度予測は甘いのではないかと考えられているのですね」

「そう。何かのはずみでバランスが崩れたら途方もないことになる」

室田は歩くスピードに劣らず食べるのも速い。話しながらパスタを片付け、食堂の隅にいって、三人分のコーヒーをもってきてくれた。お代わり自由ですよ、といった。

「話を温暖化の影響に移してよろしいですか」

俊介はコーヒーを飲みながらいった。

「どうぞ」

「先生は、その予測は楽観的すぎると批判されましたが、もし炭酸ガスの濃度が〇・〇五パーセントになって、気温が二度上昇し、海面水位も五十センチ上がったら、どのような状況になるのでしょうか」

「被害を受ける人口は九千万人に達するね。たとえば南太平洋のキリバスあたりに住民は住めなくなる。いや、他人事《ひとごと》じゃないな。わが国でも砂浜の七割が失われる」

トンカツの最後の一切れを嚙《か》んでいた佐沼が口の動きを止めた。

「海水浴もできなくなるんですか？」

「これは私のような風変わりな学者が予想しているのではなくて、環境省の調査の結果なんだ。そして、水位が一メートル上がれば、オランダでは六パーセント、バングラディシュでは十八パーセントが影響を受ける。海没または浸食されるわけだけれど、地下水にも海水が入ってきて飲料水としての真水がなくなる。だから、オランダあたりは環境問題に真剣なのだね」

「その他に温暖化の影響としてはなにがありますか」

「病気だね」

「病気？　温暖化や乾燥化によって、むしろ住みやすくなるのではないかという意見もありますが」

「とんでもない。熱波や大気汚染から心臓病や呼吸器系の病気がふえるね。それだけじゃない。マラリアも多くなる。それを媒介する蚊が十倍以上になるからね。そして、温度上昇や洪水の増加によって、コレラの増加も懸念されるね。住みやすいどころの話ではない」

「食糧への影響はどうなのでしょうか。温暖化によって、北海道や東北地方、あるいはスカンジナビアあたりの農耕適地面積が増加するのではありませんか」

「冗談じゃない。温暖化すれば冬に栽培される小麦は約十パーセント減収になるね。これはとてつもないことだ。しかも熱帯、亜熱帯では確実に食糧生産力が低下する。

……いっぽう人口は増加しつづけるから、飢餓難民が発生する。それから内戦が頻発する。アフリカ内戦の多くは、農地の少ない国で人口爆発が生じ、食糧や土地の奪い合いから部族間の紛争になった典型だね。人は宗教のちがいによって争っているという説を、あまり過度に信じないほうがいいな。むしろ食糧やエネルギー、それに水をめぐって争う。新たな経済格差が生じ、戦争がふえる。当然、それによる難民もまたふえる」

「ただでさえ人口は増加しすぎているのに、もっとひどくなるということですか」

「地球の適正規模を超えたんだな」

「どのくらいがいいのでしょう？」

「諸説あるが、私は二十億人くらいではないかと思うね」

「たったそれだけ？」

「そう、私にはガイアの悲鳴が聞こえる。もっとも、人口の増加率は下がりだしているけどね」

「なにが原因ですか」

「エイズだよ。昔も人口が大爆発した時代があった。中世の温暖期だけれど、それを解決したのはペストだった。いまはエイズだね」

「温暖化によって、わが国の食糧事情はどうなるのでしょうか」

「西日本では、いまのジャポニカ米の栽培が適さなくなるね。それでインディカ米とかけあわせた米の開発が進んでいる。しかし、いずれにせよ日本は手遅れだな」

「というと？」

「そもそも自給率が低すぎる。穀物では三割、水産物でさえ六割、木材は二割、エネルギーも二割。その程度の自給率の国が自立できると思いますか」

室田の目に怒りとも哀しみともつかない表情が滲《にじ》んだ。

「しかし、それは何も日本だけの問題ではないでしょう？　先進国ではドイツなんかも似たような状況にあるのではないですか」

「いや、全然ちがうね。一時穀物自給率は六割まで下がったが、輸出余力のあるところまで回復させた。エネルギーでも、足りない分は自然エネルギーにたよる方針でやっている。それから、ゴミ問題も百パーセント、リサイクルしている。つまり、国家としての自立目標を定めている。うらやましいかぎりだ」

「そうすると、いま地球規模で進行しているのは、自立できる国と自立できない国のふるいわけですか。そして日本は後者に入る、と」

「うまいことをいうね。しかし、もっとも重要なのは、国家としての軟着陸のシナリオがないことなんだな。一億二千万人の半分、六千万人が国を出ていけば、何とかやっていけるだろうが、凄まじい数だし、それも受け入れてくれる国があってのことだね。……ただ、日本の人口は今世紀末には六千万人か五千万人台になっているだろう。それまで、どういうシナリオで進むべきか。いまの政治家や官僚のていたらくをみていると、まったく期待できないね。既得権益、汚職、スキャンダル、党利党略、そんなものばかりだもの」

昼休みはいつの間にか終わり、食堂の人影も少なくなっていた。取材が許された時間は昼食をはさんで一時間半ほど。タイムオーバーだ。

だが、まだ何か重要な質問をしていない。訊きたいことはたくさんあった。そのなかでもとくに訊きたいこと、ずっと気がかりであったこと、それをやっと俊介は思い出した。筑波の研究所で立原が言葉を濁した点だった。

「地球温暖化の歴史でよくわからない点があります」

室田は虚ろな目をして二杯目のコーヒーを飲んでいるが、俊介は先を急いだ。

「一万八千年前といいますから、氷河期の終わりごろでしょうか、気温は低く、同時に炭酸ガスの濃度も最も低かったのに、突然温暖化が始まり、濃度も急激に高くなった。その二つに相関関係がありそうなのですが、ではなぜ炭酸ガスの濃度が急増したたのでしょうか」

「あなたの調査では炭酸ガスの濃度だけがふえていましたか。そうではないでしょう？」

見抜かれていた。

「はい。メタンガスも急増していました」

「私はこう考えているのですよ」

室田は面倒臭がらずにいった。

「寒冷化がすすむと氷床が増加し、それにつれて海面が低下する。海が浅くなるのですな。氷河期には海面が百二十から百四十メートル低下し、たとえば日本列島も大陸と陸つづきだった。ところで、海が浅くなった分だけ海底下の圧力が低下する。深いほど圧力が高いのだから……。そうすると、高圧の状態でのみ安定しているメタンハイドレート層が不安定化し、メタンガスと水とに分解する。どうです、わかるかな？」

「たぶん大丈夫です」

「ほう、そう。だいぶ勉強したんですな。……安定していたメタンハイドレート層が分解すると、陸地から深海底に至る海底斜面で、滑り面というものができる。そして、海底地滑りや海底崩壊が起きた。それまで海底下に閉じこめられていた大量のメタンガスは放出され、大気中のメタン濃度は急増し、温暖化が起こって氷河期が終わる。そういうモデルが地球規模で起きたのではなかったのか」

「それを立証するものは発見されているのですか」

「世界中にいくらでもありますよ。世界最大級のものはノルウェー沖のストレッガ地滑りでしてね。七、八千年前のものです。長さは八百キロというから、この仙台から広島《ひろしま》あたりまでに匹敵するのかな。崩れ落ちた岩石などの容量は五千六百立方キロ。ちょっと比喩すべきものが浮かばない量ですな」

俊介にも想像がつかない。

「その斜面崩壊の原因がメタンハイドレートであることは確かなんですか」

「メタンハイドレートのある海底には、いくつかの特徴が確かめられているのですよ。まず泥火山とよばれるものがある。メタンなどを含んだ比重の軽い泥が地層中の割れ目をつたわって海底に現れるんですな。ノルウェー沖では、クレーターの直径が一キロのハーコンモスビー泥火山というものがある。第二の特徴は、ポックマークというガスの抜け穴で、やはりノルウェー沖にはこれが多い」

「ちょっとわかりません。想像もつかない規模の海底崩落が、メタンハイドレートの分解だけで起きるものなのでしょうか」

「いい質問だな」室田はうなずいた。「基本的に寒冷化が原因であることはまちがいない。ただし、直接のきっかけは別の何かだろうね」

「たとえば？」

「巨大地震ではないかと私は思っている」

俊介は、頻度を増している地震を思い浮かべた。

「……だいぶ理解できてきました。炭酸ガスもさることながら、メタンハイドレート中に閉じこめられているメタンガスが排出されれば、地球温暖化の状況はまったく変わってくる——先生はそのようにお考えなんですね」

「しかし、残念ながら、氷河期の終わりと温暖化の始まりに関する推測は、学界では通説と認められるに至っていないんだな」

室田はふっと苦笑した。

「なぜです？　たいへん説得力がありますが」

「メタンガスと温暖化に相関関係があるとしても、ではなぜある時点で温暖化が終わり、寒冷化が始まるのか。私は温暖化がすすむと水蒸気の蒸発がふえ、太陽光を反射して寒冷化が始まると唱えているのだけれど、推測の域を出ていない。それともう一つ、メタンガスがふえると炭酸ガスもふえるが、これはなぜなのか」

俊介は立原にみせられたグラフの三本のギザギザの線を思い出した。気温とメタンガスの濃度には相関関係があったが、炭酸ガスもまた、おなじような相関関係をしめしていたのだ。

「先生、もう一つ教えてください」

黙って聞いていた佐沼が口をはさんだ。

「大西洋にいわゆるバミューダトライアングルというものがありますよね。航空機や船舶が突然消息を絶った海域です。その原因はメタンガスの急激な噴出ではないかという解説を読んだことがありますが、いまいわれたメタンハイドレートの分解と関係があるのでしょうか」

「ああ、あれね」

室田の体から力が抜けた。

「たしかにフロリダ沖には、直径十キロの巨大なすり鉢状の陥没地形が確認されている。しかし、これができたのは何万年以上も前で、最近の事故とは関係ないだろうね。それに、あそこの水深は三千メートルほどあって、かりに海底からメタンの放出があっても、まず海水中に拡散し、大気への放出はゆるやかなもので、航空機を撃《う》ち落とすほどのパワーはないだろうね。……おや、佐沼さん、残念そうだな」

腕時計をみると、もう二時近かった。もう失礼する時間だ、と俊介は佐沼をうながした。だが佐沼は、先生、と切り出した。

「もし、気候温暖化について、雑誌の対談をお願いしたら、お引き受けいただけますか」

室田はほんの少しだけ考えてから答えた。

「お受けできると思いますよ。メンバーになっていたものが一つ、お役御免になったから、時間のやりくりがつくでしょう。で、お相手は？」

「筑波の立原先生あたりを考えているのですが」

室田の瞳に悪戯《いたずら》っぽい笑みが浮かんだ。

「ご不満でしょうか」

「いや、全然。でも、向こうはどうなのかな」

「といいますと？」

「いや、何でもありません」

室田は真顔をつくった。

「まだ半分くらいしか、お話をうかがえていない気がします」

と、俊介がいった。

「私もまだ話し足りてないな。でも、これから講義があるのです」

「お時間が許すときに、もう一度おじゃましてよろしいでしょうか」

「ええ、いつでもいらしてください」

親密な目を俊介に向けた。


帰りのタクシーの中で、俊介がぼんやりと窓の外をながめていると、佐沼が話しかけてきた。

「どうです、仙台で一杯やっていきませんか。……といっても、その顔じゃあ、まっすぐ帰る気ですね」

「ああ、そうだよ」俊介は我に返って答えた。

「だいたい呑むには早すぎるよ」

「でも、怖い顔をして何を考えていたんです？」

「ちょっと思い当たることがあったんだ。邪推かもしれないけれど」

「メタンハイドレート関連で？」

「うん。これまでその取材を進めてきたろう？　科学雑誌の編集者、エネルギー庁の官僚、それから筑波の立原さん。でも、もう一つ核心に迫れなかった。でも、何かが、おぼろげながらみえてきたような気がするんだな」

「ほう、何です?」

「いや、いいたくないな。話してしまうと、霧の彼方に姿を現しつつあるものが、また消えてしまいそうでね」

キャンパスを下り、川を渡り、繁華街を抜けて、仙台駅には十数分で着いた。

佐沼は後ろ髪を引かれるように街のあたりに目をやった。俊介は目を細めて大学のほうをみた。もちろん、みえるはずがなかった。ふたりは心を残して駅舎の階段をのぼった。

本書は二〇〇三年五月に祥伝社より刊行
された『燃える氷』を分冊した上巻です。

|著者|高任和夫　1946年宮城県生まれ。東北大学法学部卒業。三井物産入社。'83年に『商社審査部25時』を発表。以降、作家とサラリーマンの二足のわらじを履き続ける。'96年、50歳を機にして、国内審査管理室長を最後に三井物産を依願退職、作家活動に専念する。著書に『架空取引』『粉飾決算』『告発倒産』『起業前夜』（以上、講談社文庫）、『債権奪還』（講談社）、『仕事の流儀』（日経ＢＰ社）など。近著に『偽装報告』（光文社）。

燃《も》える氷《こおり》(上)
高任和夫《たかとうかずお》

講談社文庫
定価はカバーに
表示してあります

2006年５月15日第１刷発行

発行者――野間佐和子
発行所――株式会社　講談社
東京都文京区音羽2-12-21　〒112-8001
電話　出版部（03）5395-3510
　　　販売部（03）5395-5817
　　　業務部（03）5395-3615
Printed in Japan

デザイン―菊地信義
本文データ制作―講談社プリプレス制作部
印刷―――豊国印刷株式会社
製本―――株式会社大進堂

落丁本・乱丁本は購入書店名を明記のうえ、小社業務部あてにお送りください。送料は小社負担にてお取替えします。なお、この本の内容についてのお問い合わせは文庫出版部あてにお願いいたします。

ISBN4-06-275404-5

講談社文庫刊行の辞

二十一世紀の到来を目睫に望みながら、われわれはいま、人類史上かつて例を見ない巨大な転換期をむかえようとしている。

世界も、日本も、激動の予兆に対する期待とおののきを内に蔵して、未知の時代に歩み入ろうとしている。このときにあたり、創業の人野間清治の「ナショナル・エデュケイター」への志を現代に甦らせようと意図して、われわれはここに古今の文芸作品はいうまでもなく、ひろく人文・社会・自然の諸科学から東西の名著を網羅する、新しい綜合文庫の発刊を決意した。

激動の転換期はまた断絶の時代である。われわれは戦後二十五年間の出版文化のありかたへの深い反省をこめて、この断絶の時代にあえて人間的な持続を求めようとする。いたずらに浮薄な商業主義のあだ花を追い求めることなく、長期にわたって良書に生命をあたえようとつとめるところにしか、今後の出版文化の真の繁栄はあり得ないと信じるからである。

同時にわれわれはこの綜合文庫の刊行を通じて、人文・社会・自然の諸科学が、結局人間の学にほかならないことを立証しようと願っている。かつて知識とは、「汝自身を知る」ことにつきていた。現代社会の瑣末な情報の氾濫のなかから、力強い知識の源泉を掘り起し、技術文明のただなかに、生きた人間の姿を復活させること。それこそわれわれの切なる希求である。

われわれは権威に盲従せず、俗流に媚びることなく、渾然一体となって日本の「草の根」をかたちづくる若く新しい世代の人々に、心をこめてこの新しい綜合文庫をおくり届けたい。それは知識の泉であるとともに感受性のふるさとであり、もっとも有機的に組織され、社会に開かれた万人のための大学をめざしている。大方の支援と協力を衷心より切望してやまない。

一九七一年七月

野間省一

講談社文芸文庫

大岡昇平
花影
愛人と別れ、古巣の銀座のバーで働く葉子は、無垢ゆえに空しい恋愛の果てに睡眠薬自殺を遂げる。実在の人物をモデルとした鎮魂歌。現代文学屈指のロマネスク小説。
解説=小谷野敦　年譜=吉田凞生
おC10　198440-3

庄野潤三
自分の羽根　庄野潤三随筆集
丘の家に住む一家に起こる小事件、愛する本の話、懐しき師や友の事など、深い洞察と温雅なユーモアを以て描く九十篇。名作『夕べの雲』と対をなす第一随筆集。
解説=高橋英夫　年譜=助川徳是
しA6　198441-1

三島由紀夫
三島由紀夫文学論集II　虫明亜呂無編
文壇の寵児としての多忙な日常の中から生み出される思索の記録「裸体と衣裳」、自らの文学の出発と修業の日々を語る「私の遍歴時代」を中心に、九篇を収録。
解説=橋本治
みF3　198442-X

陳　舜臣　山河在り(上)(中)(下)
陳　舜臣　獅子は死なず
張《チャン》　仁《イン》淑《スク》　凍れる河を超えて(上)(下)
津島佑子　火の山―山猿記　(上)(下)
津村節子　智恵子飛ぶ
津村節子　菊日和
津本　陽　塚原卜伝十二番勝負
津本　陽　拳豪伝
津本　陽　修羅の剣(上)(下)
津本　陽　勝つ極意 生きる極意
津本　陽　下天は夢か　全四冊
津本　陽　鎮西八郎為朝
津本　陽　幕末剣客伝
津本　陽　武田信玄　全三冊
津本　陽　乱世、夢幻の如し(上)(下)
津本　陽　前田利家　全三冊
津本　陽　加賀百万石
津本　陽　真田忍俠記(上)(下)
津本　陽　歴史に学ぶ

津本　陽　おおとりは空に
津本　陽　本能寺の変
津本　陽　武蔵と五輪書
津本　陽／江坂　彰　信長 秀吉 家康〈勝者の条件 敗者の条件〉
津村秀介　宍道《しんじ》湖《こ》殺人事件
津村秀介　洞爺湖殺人事件
津村秀介　水戸の偽証〈三島着10時31分の死者〉
津村秀介　浜名湖殺人事件〈富士―博多間37時間30分の謎〉
弦本將裕　12動物60分類完全版マスコット占い
津原泰水監修　エロティシズム12幻想
津原泰水監修　血の12幻想
津原泰水監修　十二宮12幻想
司城志朗　秋と黄昏の殺人
司城志朗　恋ゆうれい
土屋賢二　哲学者かく笑えり
塚本青史　呂后
塚本青史　王莽
辻原　登　百合の心・黒髪 その他の短編
出久根達郎　佃島ふたり書房

出久根達郎　たとえばの楽しみ
出久根達郎　おんな飛脚人
出久根達郎　御書物同心日記
出久根達郎　続 御書物同心日記
出久根達郎　御書物同心日記　虫姫
出久根達郎　土龍《もぐら》
出久根達郎　漱石先生の手紙
出久根達郎　俥《くるま》宿《やど》
出久根達郎　二十歳のあとさき
ドウス昌代　イサム・ノグチ(上)(下)〈宿命の越境者〉
童門冬二　戦国武将の宣伝術〈隠された名将のコミュニケーション戦略〉
童門冬二　日本の復興者たち
藤堂志津子　ジョーカー
藤堂志津子　恋人よ
鳥羽　亮　三鬼の剣
鳥羽　亮　隠《おぬ》猿《ざる》の剣
鳥羽　亮　鱗光の剣〈深川群狼伝〉
鳥羽　亮　蛮骨の剣
鳥羽　亮　妖鬼の剣

鳥羽　亮　秘剣鬼の骨
鳥羽　亮　幕末浪漫剣
鳥羽　亮　浮舟の剣
鳥羽　亮　青江鬼丸夢想剣
鳥羽　亮　双つ龍〈青江鬼丸夢想剣〉
鳥羽　亮　吉宗謀殺〈青江鬼丸夢想剣〉
鳥羽　亮　風来の剣
鳥羽　亮　影笛の剣
鳥羽　亮　波之助推理日記
鳥越　碧　一葉
東郷　隆　御町見役うずら伝右衛門(上)(下)
東郷　隆　御町見役うずら伝右衛門・町あるき
東郷　隆／上田　信　絵　【絵解き】戦国武士の合戦心得〈歴史・時代小説ファン必携〉
戸田郁子　ソウルは今日も快晴〈日韓結婚物語〉
豊福きこう　矢吹丈25戦19勝(19KO)5敗1分
戸部良也　プロ野球英雄伝説
徳大寺有恒　間違いだらけの中古車選び
夏樹静子　そして誰かいなくなった
夏樹静子　贈る証言〈弁護士朝吹里矢子〉
中井英夫　新装版虚無への供物(上)(下)
長尾三郎　虚構地獄　寺山修司
長尾三郎　人は50歳で何をなすべきか
長尾三郎　週刊誌血風録
南里征典　軽井沢絶頂夫人
南里征典　情事の契約
南里征典　寝室の蜜猟者
中島らも　しりとりえっせい
中島らも　今夜、すべてのバーで
中島らも　白いメリーさん
中島らも　寝ずの番
中島らも　さかだち日記
中島らも　バンド・オブ・ザ・ナイト
中島らもほか　輝きの一瞬〈短くて心に残る30編〉
中島らも編・著　なにわのアホぢから
中島らも／チチ松村　らもチチ　わたしの半生〈青春篇〉〈中年篇〉
鳴海　章　ニューナンブ
中嶋博行　検察捜査
中嶋博行　違法弁護
中嶋博行　司法戦争
中嶋博行　第一級殺人弁護
中村天風　運命を拓く〈天風瞑想録〉
夏坂　健　ナイス・ボギー
夏坂　健　ゴルフの神様
中場利一　岸和田のカオルちゃん
中場利一　バラガキ〈土方歳三青春譜〉
中場利一　岸和田少年愚連隊
中場利一　岸和田少年愚連隊　血煙り純情篇
中場利一　岸和田少年愚連隊　望郷篇
中場利一　岸和田少年愚連隊　外伝
中場利一　岸和田少年愚連隊　完結篇
中場利一　スケバンのいた頃
中山可穂　感情教育
中山可穂　マラケシュ心中
仲畑貴志　この骨董が、アナタです。
中保喜代春　ヒットマン〈獄中の父からいとしいわが子へ〉
中村うさぎ　中村うさぎの四字熟誤
中村泰子　「ウチら」と「オソロ」の世代〈東京・女子高生の素顔と行動〉

中山康樹 ディランを聴け!!
永井するみ 防風林
永井 隆 ドキュメント 敗れざるサラリーマンたち
中島誠之助 ニセモノ師たち
西村京太郎 名探偵なんか怖くない
西村京太郎 天使の傷痕
西村京太郎 D機関情報
西村京太郎 殺しの双曲線
西村京太郎 名探偵が多すぎる
西村京太郎 ある朝 海に
西村京太郎 脱出
西村京太郎 四つの終止符
西村京太郎 おれたちはブルースしか歌わない
西村京太郎 名探偵も楽じゃない
西村京太郎 悪への招待
西村京太郎 名探偵に乾杯
西村京太郎 七人の証人
西村京太郎 ハイビスカス殺人事件
西村京太郎 炎の墓標

西村京太郎 特急さくら殺人事件
西村京太郎 変身願望
西村京太郎 四国連絡特急殺人事件
西村京太郎 午後の脅迫者
西村京太郎 太陽と砂
西村京太郎 寝台特急あかつき殺人事件
西村京太郎 日本シリーズ殺人事件
西村京太郎 L特急踊り子号殺人事件
西村京太郎 寝台特急「北陸」殺人事件
西村京太郎 オホーツク殺人ルート
西村京太郎 行楽特急《ロマンスカー》殺人事件
西村京太郎 南紀殺人ルート
西村京太郎 特急「おき3号」殺人事件
西村京太郎 阿蘇殺人ルート
西村京太郎 日本海殺人ルート
西村京太郎 寝台特急六分間の殺意
西村京太郎 釧路・網走殺人ルート
西村京太郎 アルプス誘拐ルート
西村京太郎 特急「にちりん」の殺意

西村京太郎 青函特急殺人ルート
西村京太郎 山陽・東海道殺人ルート
西村京太郎 十津川警部の対決
西村京太郎 南神威島
西村京太郎 最終ひかり号の女
西村京太郎 富士・箱根殺人ルート
西村京太郎 十津川警部の困惑
西村京太郎 津軽・陸中殺人ルート
西村京太郎 十津川警部C11を追う
西村京太郎 越後・会津殺人ルート〈追いつめられた十津川警部〉
西村京太郎 華麗なる誘拐
西村京太郎 五能線誘拐ルート
西村京太郎 シベリア鉄道殺人事件
西村京太郎 恨みの陸中リアス線
西村京太郎 鳥取・出雲殺人ルート
西村京太郎 尾道・倉敷殺人ルート
西村京太郎 諏訪《すわ》・安曇野《あずみの》殺人ルート
西村京太郎 哀しみの北廃止線
西村京太郎 伊豆海岸殺人ルート

講談社文庫　目録

西村京太郎　倉敷から来た女
西村京太郎　南伊豆高原殺人事件
西村京太郎　消えた乗組員《クルー》
西村京太郎　東京・山形殺人ルート
西村京太郎　八ヶ岳高原殺人事件
西村京太郎　消えたタンカー
西村京太郎　会津高原殺人事件
西村京太郎　超特急《イベント・トレイン》「つばめ号」殺人事件
西村京太郎　北陸の海に消えた女
西村京太郎　志賀高原殺人事件
西村京太郎　美女高原殺人事件
西村京太郎　十津川警部　千曲川に犯人を追う
西村京太郎　北能登殺人事件
西村京太郎　雷鳥九号《サスペンス・トレイン》殺人事件
西村京太郎　十津川警部　白浜へ飛ぶ
西村京太郎　上越新幹線殺人事件
西村京太郎　山陰路殺人事件
西村京太郎　十津川警部　みちのくで苦悩する
西村京太郎　殺人はサヨナラ列車で

西村京太郎　日本海からの殺意の風〈寝台特急「出雲」殺人事件〉
西村京太郎　松島・蔵王殺人事件
西村京太郎　四国情死行
西村京太郎　十津川警部　愛と死の伝説(上)(下)
西村京太郎　竹久夢二　殺人の記
西村京太郎　寝台特急《メモリー・トレイン》「日本海」殺人事件
西村京太郎　十津川警部　帰郷・会津若松
西村京太郎　特急《アリバイ・トレイン》「あずさ」殺人事件
西村京太郎　特急《ハイデッカー・エクスプレス》「おおぞら」殺人事件
西村京太郎　寝台特急《ロイヤル・トレイン》「北斗星」殺人事件
西村京太郎　十津川警部　姫路・千姫殺人事件
西村寿行　異常者
日本文芸家協会編　紅葉谷から剣鬼が来る〈時代小説傑作選〉
日本文芸家協会編　春宵　濡れ髪しぐれ〈時代小説傑作選〉
日本文芸家協会編　地獄の無明剣〈時代小説傑作選〉
日本文芸家協会編　愛染夢灯籠〈時代小説傑作選〉
日本推理作家協会編　犯罪ロードマップ〈ミステリー傑作選1〉
日本推理作家協会編　殺人現場へどうぞ〈ミステリー傑作選2〉
日本推理作家協会編　ちょっと殺人を〈ミステリー傑作選3〉

日本推理作家協会編　あなたの隣に犯人が〈ミステリー傑作選4〉
日本推理作家協会編　犯人ただいま逃亡中〈ミステリー傑作選5〉
日本推理作家協会編　サスペンス・ゾーン〈ミステリー傑作選6〉
日本推理作家協会編　意外や意外〈ミステリー傑作選7〉
日本推理作家協会編　殺しの一品料理《アラカルト》〈ミステリー傑作選8〉
日本推理作家協会編　犯罪ショッピング〈ミステリー傑作選9〉
日本推理作家協会編　闇のなかのあなた〈ミステリー傑作選10〉
日本推理作家協会編　どんでん返し〈ミステリー傑作選11〉
日本推理作家協会編　にぎやかな殺意〈ミステリー傑作選12〉
日本推理作家協会編　凶器は狂気〈ミステリー傑作選13〉
日本推理作家協会編　犯罪見本市〈ミステリー傑作選14〉
日本推理作家協会編　殺しのパフォーマンス〈ミステリー傑作選15〉
日本推理作家協会編　故意・悪意・殺意〈ミステリー傑作選16〉
日本推理作家協会編　とっておきの殺人〈ミステリー傑作選17〉
日本推理作家協会編　花には水、死者には愛〈ミステリー傑作選18〉
日本推理作家協会編　殺人者へのレクイエム〈ミステリー傑作選19〉
日本推理作家協会編　死者たちは眠らない〈ミステリー傑作選20〉
日本推理作家協会編　殺人はお好き？〈ミステリー傑作選21〉
日本推理作家協会編　二転・三転・大逆転〈ミステリー傑作選22〉

講談社文庫　目録

日本推理作家協会編　あざやかな結末〈ミステリー傑作選23〉
日本推理作家協会編　頭脳明晰、特技殺人〈ミステリー傑作選24〉
日本推理作家協会編　誰がための殺人〈ミステリー傑作選25〉
日本推理作家協会編　明日からは、殺人者〈ミステリー傑作選26〉
日本推理作家協会編　真犯人は安眠中〈ミステリー傑作選27〉
日本推理作家協会編　完全犯罪はお静かに〈ミステリー傑作選28〉
日本推理作家協会編　あの人の殺意〈ミステリー傑作選29〉
日本推理作家協会編　もうすぐ犯行記念日〈ミステリー傑作選30〉
日本推理作家協会編　死導者がいっぱい〈ミステリー傑作選31〉
日本推理作家協会編　殺人前線北上中〈ミステリー傑作選32〉
日本推理作家協会編　犯行現場にもう一度〈ミステリー傑作選33〉
日本推理作家協会編　殺人博物館へようこそ〈ミステリー傑作選34〉
日本推理作家協会編　どたん場で大逆転〈ミステリー傑作選35〉
日本推理作家協会編　殺ったのは誰だ!?〈ミステリー傑作選36〉
日本推理作家協会編　殺人哀モード〈ミステリー傑作選37〉
日本推理作家協会編　殺人者〈ミステリー傑作選38〉
日本推理作家協会編　完全犯罪証明書〈ミステリー傑作選39〉
日本推理作家協会編　密室+アリバイ=真犯人〈ミステリー傑作選40〉
日本推理作家協会編　殺人買います〈ミステリー傑作選41〉

日本推理作家協会編　罪深き者に罰を〈ミステリー傑作選42〉
日本推理作家協会編　嘘つきは殺人のはじまり〈ミステリー傑作選43〉
日本推理作家協会編　終日犯罪〈ミステリー傑作選44〉
日本推理作家協会編　殺人作法〈ミステリー傑作選45〉
日本推理作家協会編　零時の犯罪予報〈ミステリー傑作選46〉
日本推理作家協会編　トリック・ミュージアム〈ミステリー傑作選〉
日本推理作家協会編　1ダースの殺意〈ミステリー傑作選・特別編1〉
日本推理作家協会編　殺しのルート13〈ミステリー傑作選・特別編2〉
日本推理作家協会編　真夏の夜の悪夢〈ミステリー傑作選・特別編3〉
日本推理作家協会編　57人の見知らぬ乗客〈ミステリー傑作選・特別編4〉
日本推理作家協会編　自選ショート・ミステリー〈ミステリー傑作選・特別編5〉
日本推理作家協会編　自選ショート・ミステリー2〈ミステリー傑作選・特別編6〉
西村玲子　玲子さんの好きなものに出合う旅
西村玲子　玲子さんのラクラク手作り教室
二階堂黎人　地獄の奇術師
二階堂黎人　聖アウスラ修道院の惨劇
二階堂黎人　ユリ迷宮
二階堂黎人　吸血の家
二階堂黎人　私が捜した少年

二階堂黎人　クロへの長い道
二階堂黎人　名探偵水乃サトルの大冒険
二階堂黎人　名探偵の肖像
二階堂黎人　悪魔のラビリンス
二階堂黎人　増加博士と目減卿
二階堂黎人編　密室殺人大百科(上)(下)
西澤保彦　解体諸因
西澤保彦　完全無欠の名探偵
西澤保彦　七回死んだ男
西澤保彦　殺意の集う夜
西澤保彦　人格転移の殺人
西澤保彦　麦酒《ばくしゅ》の家の冒険
西澤保彦　幻惑密室
西澤保彦　実況中死
西澤保彦　念力密室!
西澤保彦　夢幻巡礼
西澤保彦　転・送・密・室
西澤保彦　人形幻戯
西村健　ビンゴ

西村　健　脱出 GETAWAY
西村　健　突破 BREAK
楡　周平　外資な人たち〈ある日外国人上司がやってくる〉
楡　周平　青狼記(上)(下)
西村　滋　お菓子放浪記
貫井徳郎　修羅の終わり
貫井徳郎　鬼流殺生祭
貫井徳郎　妖奇切断譜
法月綸太郎　密閉教室
法月綸太郎　雪密室
法月綸太郎　誰《たそ》彼《がれ》
法月綸太郎　頼子のために
法月綸太郎　法月綸太郎の冒険
法月綸太郎　法月綸太郎の新冒険
法月綸太郎　法月綸太郎の功績
乃南アサ　鍵
乃南アサ　ライン
乃南アサ　窓
乃南アサ　不発弾

野口悠紀雄　「超」勉強法
野口悠紀雄　「超」勉強法・実践編
野沢　尚　破線のマリス
野沢　尚　リミット
野沢　尚　呼《よ》人《ひと》
野沢　尚　深紅
野沢　尚　砦なき者
野沢　尚　魔笛
野口武彦　幕末気分
半村　良　飛雲城伝説
原田泰治　わたしの信州
原田泰治／原田武雄　泰治が歩く〈原田泰治の物語〉
原田康子　海霧(上)(中)(下)
林　真理子　星に願いを
林　真理子　テネシーワルツ
林　真理子　幕はおりたのだろうか
林　真理子　女のことわざ辞典
林　真理子　さくら、さくら〈おとなが恋して〉
林　真理子　みんなの秘密

林　真理子　ミスキャスト
林　真理子／山藤章二　チャンネルの5番
原田宗典　スメル男
原田宗典　東京見聞録
原田宗典　何者でもない
原田宗典　見学ノススメ
原田宗典・文／かとうゆめこ・絵　考えない世界
馬場啓一　白洲次郎の生き方
馬場啓一　白洲正子の生き方
林　望　帰らぬ日遠い昔
林　望　リンボウ先生の書物探偵帖
帚木蓬生　アフリカの蹄《ひづめ》
帚木蓬生　空夜
帚木蓬生　空山
坂東眞砂子　道祖土《さいど》家の猿嫁
花村萬月　皆月
浜なつ子　死んでもいい〈マニラ行きの男たち〉
畠山健二　下町のオキテ
林　丈二　犬はどこ？

2006年3月15日現在